前言

每個人的一生當中，不一定都很風光、很平順。有時候，會遇到些不可逆的狀況，例如：無法謀合的上司、不搭的同事、工作不順、突發的意外……等等。最不可解的，更有人會遇到看不見的三度空間的東西，或者該去冥界報到，卻不去的異類，這時候該怎麼辦？

本書每段的主人翁，確實都很幸運，就遇到了特殊情形，而他們是如何應對呢？

目錄

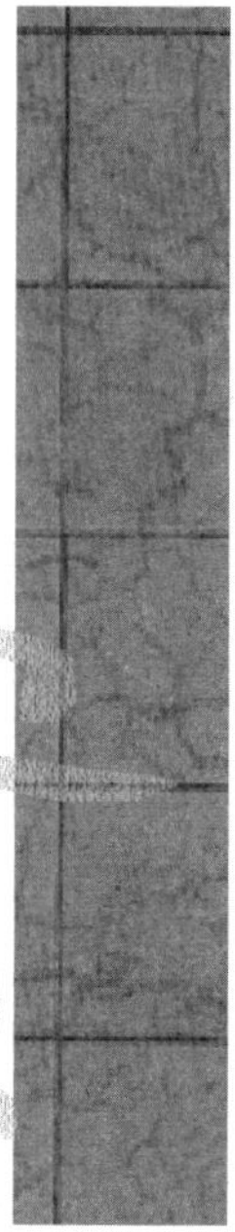

書魯畫章的美

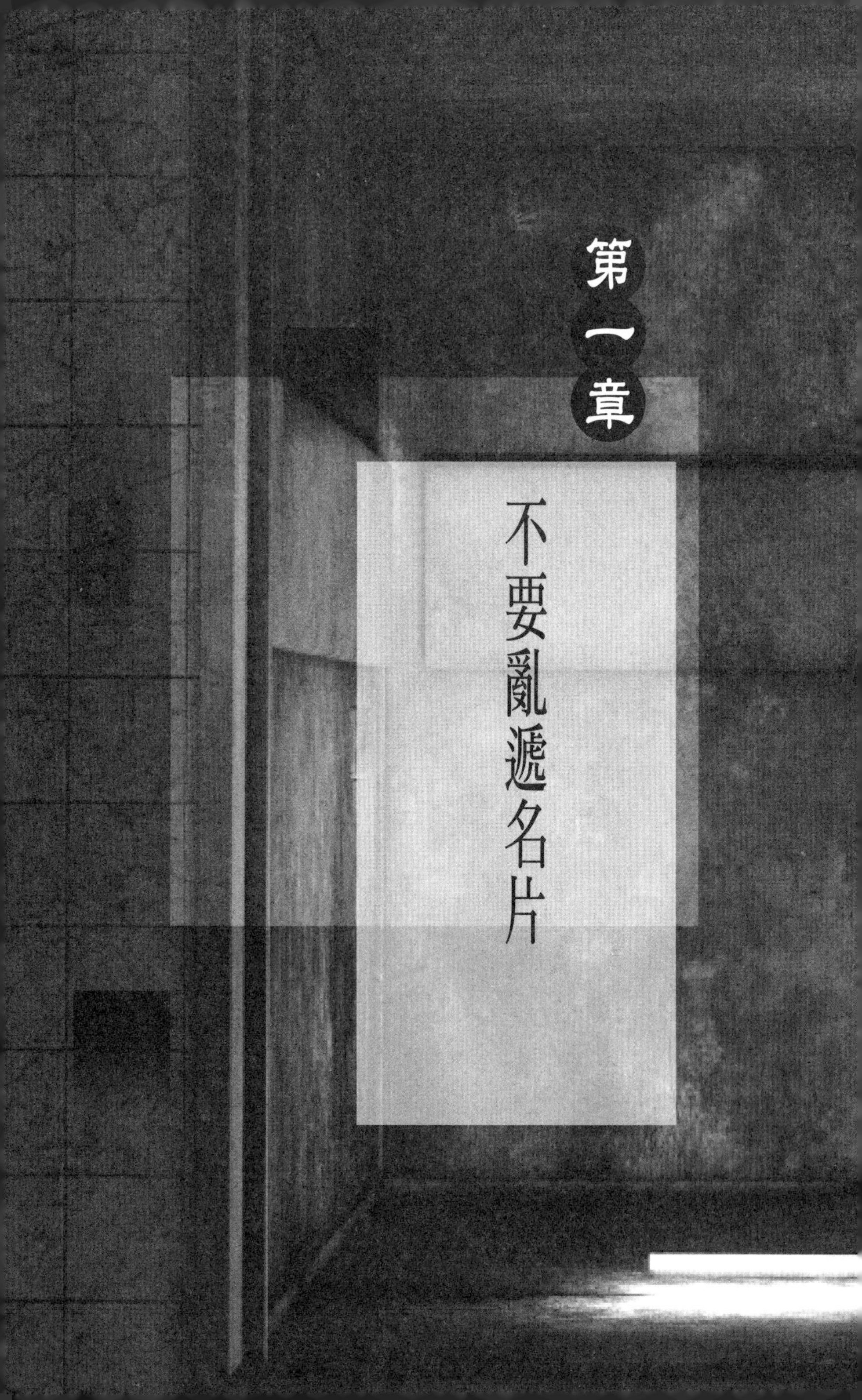

第一章

不要亂遞名片

一週的受訓課程，終於結束了。結束那天，王訓元暗暗告訴自己，務必要把握，衝出亮眼成績。失掉前一任工作，讓他消沉了一段時間，好不容易找到二度就業的機會，當然要更加努力了。

第一天上班，王訓元懷著一顆兢兢業業的心，一大早就到公司報到，坐在乾淨、明亮的辦公桌前。

忽然，電話鈴響，他轉眼看看，好像只有他早到。記得受訓時主管說過，有電話進來，絕對要趕快接聽，不能讓它響太久，也許這就是一個客戶或案件的機會。

「喂，您好，敝姓王，很高興能為您服務。」

交談幾句，掛斷話線，王訓元拿著便條紙，看著剛剛記下的內容，一股愉悅之情，由心底湧出來。

不一會兒，店長提著黑色公事包踏進公司，王訓元等他坐定了，起身把便條紙遞上，說出方才接到客戶陳雪莉的電話。

店長看他一眼，頷首，指示他把資料輸入電腦，紀錄下來。

這期間，其他同事也陸續進公司，接著店長走到王訓元桌邊，說：

「你回電給陳小姐，問她什麼時候方便，跟她約個時間，你過去處裡一下。」

第一章

不要亂遞名片

「呀?是，是。」呆愣了一下，王訓元才回過神來，連忙應和著。

依他想法，公司是個團隊，即使他接到電話，案件理應由資深人員處哩，想不到店長居然會交給他，讓他既意外又興奮。

次日下午兩點多，王訓元提著公事包，就往客戶陳雪莉的住家而去。

過了三十八巷，下個路口應該就是四十巷了。

繼續往前的路口轉彎，他卻看到路口掛著牌子是四十二巷。那，四十巷呢?

於是他退出路口，重新核對地址。嘿，三十八巷過來，應該就是四十巷沒錯，但這個路口，為什麼是四十二巷?

接著，他往前、往後，來來回回尋覓了一大圈，眼看跟陳小姐約三點就快到了，急得他渾身都冒汗了。

耶，第一次出任務，千萬不能凸槌呀!

「該死的四十巷到底在哪?還不快給我出來，我要詛咒你了!」

王訓元口中碎碎念，一面抹掉額頭汗水，一面盯著前面。忽然，他後肩膀被拍了一下。

他轉頭望去，是位老先生，王訓元忙收斂思緒，點點頭。

「看你來來回回好幾趟，在找什麼？」

「呀，呀。這個……」王訓元堆上笑臉，心中卻怪道：剛才怎麼沒看到他？不過，職業使然，他趁機從口袋內掏出新印的名片遞過去。老先生欲接，卻抓不牢掉了，他連忙彎腰撿起再遞給他。

老先生低眼看了看，低唸道：「王訓元？王呀？」

「是是，請多多指教。」王訓元突然想到，問：「請問老先生貴姓？住附近？」

老先生把名片放進口袋內，點頭：「李。」

就在這時，王訓元看到李老先生雙眼一眨，牽動臉上神經，臉頰忽然急遽縮皺。

「李先生，您怎麼了？」

「沒事，老毛病了。」

「李先生，請問您知道四十巷在哪嗎？」

「原來在找四十巷？問我就對了。我剛來這裡，也是找不到。」

「哦，是呀，我真問對人了。」

王訓元大喜過望，原來，三十八巷進去大約七、八公尺，有個交岔口，四十巷就在岔口另一邊。結果到陳小姐家時剛好三點，總算沒有遲到。

◆

費了將近兩個多鐘頭，終於完成合約。

一份合約書陳雪莉收下，另一份含有地籍、房屋權狀的影印，王訓元把它收進黑色公事包。

就在王訓元抬起頭之際，忽然看到一抹影子，閃進斜對面的邊間房間，他心裡一愣，記得方才陳雪莉告訴過他，屋子已清空，並未住人啊。

為求慎重，王訓元放下公事包，滿臉笑容說：

「抱歉，我可以再看一下室內嗎？」

陳雪莉點頭，跟著起身，陪王訓元走進最裡面的廚房、衛浴、兩個房間，王訓元對邊間房間特意留心……真的清空了。

轉出客廳，陳雪莉道：

「可以的話，拜託你盡量快點脫手，我急需這筆錢。」

王訓元點頭：

「當然，當然。我明天就來拍照、馬上上架，廣做宣傳，我們一定會快速作業處理。」

「謝謝你。」

「依這屋況，應該很快就會有買家了。」

踏出客廳，鎖上門，陳雪莉把鑰匙交給王訓元。王訓元踩著輕快步伐，很快回到公司報到，並且將細節匯報給店長，接著開始準備資料。

第二天一大早，王訓元走一趟地政課，確定地號，申請資料。過午後，帶著相機，又到陳雪莉家拍照。

就在他掏出鑰匙時，忽然，聽到低微的喁喁聲音。

他轉頭望望樓梯上下，這裡是二樓，整個樓梯都沒有人，哪來聲音？

可能是聽錯了，他這樣想著，將鑰匙插入大門鎖孔，突然，耳邊傳來「哄！」悶雷也似的聲響，他嚇了一跳，手一抖，鑰匙掉到地上。

撿起鑰匙，他頓住了，再度仔細環視週遭。忽然，傳來大門打開的聲音，害他心口蹦跳了一下……原來是樓上三樓住戶。

王訓元等了一下，是一位太太，拎著包包準備出門，他向這位太太點頭打招呼，原想跟她搭訕幾句，誰知道這位太太板著臉，僵硬點著頭後就快速往下走，他只好把話吞回去。

不要亂遞名片

走進屋內，沒來由地一股寒冽，當面襲來。

王訓元猶豫了一下，決定不關大門，同時打開燈光，再把攝影機拿出，由客廳開始攝影、連貫到房間，繼續廚房、衛浴……

一切順利，回到客廳，一個念頭興起，讓他想快點離開。但是受訓時，主管交代過，做任何事務必要一再確認，否則出了狀況不就前功盡棄了？於是，他在客廳當場瀏覽一遍攝影機。

唉唷，果然，受訓主管的話一點都沒錯，裡面有一段是暗濛一片。

他仔細檢視一下，客廳、廚房、衛浴都很清晰，是邊間那個房間沒有被拍攝到。

他投眼望向邊間房間……就在這時，忽然聽到一聲陰幽的長嘆聲。

咦？是邊間的房間傳出來的嗎？他不是很確定。

他覺得應該再去拍攝，可是房間看了很多次，已經確定是空房……也許是攝影機的問題吧。

猶豫了一會兒，他決定把攝影片洗掉，重新來過。

這次他很小心，拍完後他再次檢視。唉唷，又是邊間房間那一段模糊不清。

就這樣，他拍了第三次，但不想檢查了，直接收工回公司報到。他的想法是，已經拍了三次，若是還有問題，那就一定是攝影機的問題！

◆

不曉得為什麼，今天特別累，一回到家，已經萬家燈火了。在進入這家公司時，王訓元就知道，這行的服務原本就是時間長。

吃過晚餐、洗完澡，王訓元就上床了。迷迷糊糊睡到一半，忽然，一個似遠又近的呼喊聲，傳入他耳際：

「王……王……訓……元。」

他揉揉耳朵，繼續睡。

沒多久，他感到有個重擔，當頭罩下來，讓他無法呼吸，胸部沉悶。

直到受不了了，他深吸口氣……唔，好多了。翻個身，他猛然發現床頭畔坐了個人。

不會吧？這間租屋，只住了他一個人，哪可能會有別人？

微微張眼睇望著，他豁然起身，喝道：

「誰？是誰！」

這個人，身著藏青色上衣，沒有回頭也沒有回應。王訓元伸手要推他，但是伸出的手有如探入空氣中，碰不到東西。

看一眼自己的手，他再次伸長手撈了一下，還是撲空。

驚訝讓他更清醒了，直起上身，他生氣地喊：

「什麼啦！你到底是誰？想幹什麼！」

就在他喊完，這個人緩緩轉頭。一張老臉，猙獰得蜷縮，皺成一堆，根本看不出面孔長相。

直到這時，王訓元才有害怕感覺，他張口想臭罵，不料這個人忽然化成一股煙霧，不急不緩在空氣中繞了一圈後直直竄入王訓元嘴裡。

宛如被噎住了的喉頭，不上不下，連呼吸都有困難，王訓元暴喊著：

「唔！哇——」

接著他醒了過來，滿身滿頭都是汗！

王訓元一手按住喉頭、一手捏得緊緊地，他低頭望去，原來捏緊的是棉被一角，放開兩手，他下床去倒杯水喝下才感覺好些了。

重新入睡，翻來覆去，也不知道是如何入睡的，等他睜眼一看，天已經亮了。

匆促趕到公司，差點遲到。王訓元向同事小黃道早安，小黃看他，又看外面，輕點頭，說：

「早，你爸跟著你上班呀？」

「什麼？」

小黃再次投眼看外面，空無一人，他搖頭：「沒事。」

王訓元也沒聽清楚，既然沒事，他就坐到自己位置。

店長忽然來找他：

「我想問你，你這件案子，到底是空屋，還是有住人？」

「空屋呀，我第一天就向你報告過了。」

「你拍攝的錄影帶有點問題，所以還沒有PO上網。」

「呀？真的？可是客戶急著要成交。」

「每個客戶都嘛急著成交，想賣屋的當然希望愈快愈好。」

王訓元把昨天，拍攝了三次狀況，敘述一遍：

「我想，應該是這台攝影機有問題。」

「不，不可能。上個禮拜小黃才使用過，都很正常呀。」

話罷，店長自顧忙他的去。

王訓元默默打開攝影機，檢視一遍。果然，跟昨天拍攝的一樣，在拍邊間房間那一段，出現橫紋條，模糊一片。

「嗯，還是一樣哩。」

輕輕說著的同時，王訓元忽然發現，模糊的橫紋條中有個人影，身著藏青色上衣，至於下面，就看不到了。

發著愣的王訓元覺得這衣服色澤很眼熟，他恍然跌入昨夜的那個夢境……

◆

因為時間急迫，王訓元將攝影機裡模糊的一段給刪掉，然後直接PO上網。

想不到，馬上就有客戶撥電話過來，而且先後有兩位想約看房子。

客戶朱志成先打來，因此王訓元約他在下午一點半看房子。

他們進入二樓後，朱志成在屋內繞了好幾圈，尤其是邊間房間，他看得很仔細，雙方留下連絡電話後他就離開了。

另一位劉太太約下午三半點，而王訓元在三點左右就到達屋裡等劉太太。

誰知等到將近四點，劉太太還沒出現。

王訓元打電話給劉太太，劉太太說她臨時有事，現在不敢保證何時才有空。

為了生意，王訓元只好繼續等了。

闔上手機，突然傳來一個悶響。站在客廳的王訓元，抬眼望向前……他看到一個衣角，閃入邊間房間。

他遲疑了幾秒，抬腳迅速走向邊間的房間。不過裡面是空的……

直到這時候，他才想到這個房間，有問題！但是有什麼問題呢？他就不知道了，只想到得問屋主陳雪莉。

不過，據公司買賣規定，如果屋況有什麼問題，應該是先要說明白。簽約當天他也問過屋主，屋主卻說房子沒有任何問題。

他忽然靈光一閃，何不去問鄰居？反正客戶沒那麼快會到。他立刻轉身出門，登上三樓，按下電鈴。

是上回見過的太太，他很客氣的想請問她一些事，不知道她方便否？

「哦，什麼事？」

「謝謝，我想請問，以前都是屋主自己住二樓嗎？」

這位太太搖頭，說二樓一直都是出租，屋主不住在這裡。

「喔，這樣呀，請問，二樓曾經發生過什麼事嗎？」

這位太太偏頭想了一會兒，搖頭：

「這倒沒聽說過，租客很少跟我們有互動，我也不太清楚。」

「是喔。」王訓元放下心中一顆大石頭，又跟她聊了幾句，謝謝她後就下樓了。

下樓走到一半時，王訓元忽然聽到二樓裡面有說話聲，他這才想到，剛剛忘記鎖門，於是他加快腳步下樓。

踏入二樓客廳，竟然沒半個人……

這會兒已接近五點，屋外幾朵烏雲遮蔽住陽光，屋內顯得特別陰晦。

王訓元心中浮起疙瘩，方才明明聽到有女人的談話聲音呀？如果說話的女人出來，他一定會遇到的。這……這也太詭異了吧？

「嗯！廚房呢，去看看廚房。」

王訓元整顆心突兀的驚跳起來，因為女子聲音由邊間房間傳出來。

就在他意識尚未回過神之際，一位身材擁腫的女人走了出來。王訓元和這位女人，雙雙異口同聲的驚嚇出聲。

定定神，王訓元露出笑容，熱心上前的問道：

「請問，是劉太太嗎？」

「嗯，你是王先生？」劉太太滿臉訝異，伸手指著房間內：「那剛剛那位是誰？」王訓元眨巴著眼，不曉得該怎麼回，因為他沒看到，也不知道有誰會進來屋內？

「剛剛那位，是你同事嗎？」

看王訓元一直沒有回答，還臉現怪異表情，劉太太二話不說，立刻折身，踏入邊間房間！

王訓元跟著走進去……裡面空空的。

劉太太呆杵在原地，微胖的臉乍然慘白，久久無法出聲。

王訓元輕咳一聲，笑道：

「劉太太，您看錯了吧？」

下巴顫抖了老半天，劉太太反身衝了出去，但王訓元比她更快的奔出去，趕著在她跑出客廳之前，把她給阻擋下來。

這時天色更暗了，在陰晦的客廳似乎更平添幾分詭譎。

王訓元順手打開燈，霎時客廳明亮起來，驅走不少恐怖感。王訓元好說歹說，就是想讓劉太太多留一刻，企圖說動她。

劉太太神色略緩，不過看的出來，她仍然很不安。王訓元連忙掏出公事包內的房屋資料，一在說明屋子的各種好處，例如：價格便宜、屋況好、若不是屋主急於脫手，這個地段的價碼就不止是這樣了……

「急於脫手？」薑不愧是老的辣，劉太太見縫插針道：「可見這屋子有問題。」

「哦，劉太太，屋況妳都看到了，有什麼問題呢？來來來，我領妳去看廚房、衛浴，這都重新裝潢過。」

「你口才很好，可是剛剛……」

「一定是妳看錯了，沒騙妳，妳太忙了，妳看，原本約三點半，妳忙到五點才到，難免會發生錯誤……」

劉太太瞪他一眼，口氣不太好：「你的意思是，我犯了癡呆？還是我眼睛瞎了？」

「不不，請您聽我說，剛剛我到三樓探聽有關二樓的事，那位住戶親口告訴我，這是間發財屋，屋主向來都出租，收入頗豐，要是不信，我可以帶妳上去問三樓住戶。」

「不必。」劉太太斬釘截鐵說：「你告訴我，剛剛我遇到的那個人是誰？」

提起這事，劉太太猶心有餘悸，眨閃的眼神，不斷飄向邊間的房間。

「一定是妳弄錯了，這裡從早到晚就只有我一個人。」

「我沒弄錯。那個人七十多歲，穿著臟青色上衣，長得……」

劉太太形容起那位先生相貌，王訓元聽得皺起眉頭。這相貌他熟悉，不知覺間身上竟起了雞皮疙瘩。

就在劉太太說完後，突然傳來一聲撞擊聲。好像是邊間傳來，那聲音就像肉體碰撞著地上的沉悶聲響。

劉太太整個人震跳起來，臉色發白的奪門而出。

王訓元呆愣住，居然忘記留住劉太太，他腦中跌入回想。劉太太形容的那個人樣貌，正是他在夢中見過的！

只是夢歸夢，那是無稽之夢，為何會出現讓不相關的劉太太看見？這裡面，會有什麼關聯嗎？依他揣測應該不可能吧。

就在他發憒之際，耳朵突然聽到殷幽幽的嘆息聲。聲音很清晰，而且是從邊間房間傳出來。同時，客廳的燈光倏地一閃、一暗，像是燈管快壞掉的樣子。

王訓元打了個冷顫，倉促抓起公事包、關上燈就往外跑，在他準備關上門時忽然想起——鑰匙在茶几上！

◆

怎麼辦？怎麼辦？呼吸愈來愈沉重，他握緊門把的手，縮緊得好痛。

怎麼這麼倒楣？想好好的開創一番事業，怎會遇到這種奇怪的事？這樣一回想，讓他記起影像內的模糊身影，和他夢境見到的人衣服都是藏青色，難道會是同一個人？

這個人是住在這裡面的嗎？跟屋主陳雪莉有關嗎？

他繼而一想：哼！了不起就只是個……人而已，如果他還能稱得上是人，既不會搶、不會打、不會傷害我，怕屁呀？

深深呼吸，王訓元硬著頭皮，只得再走進去。

打開燈，發現燈不亮！可是，藉由外面路燈晦暗的微光，可以看到客廳正中靠牆處的茶几上，鑰匙閃出暗沉幽光。

有一個念頭叫他不要進去，趕快閃人。但沒有鑰匙改天怎麼進屋？怎麼帶客戶？另一個念頭要他去拿鑰匙，拿了就跑。畢竟這是他的 Case，他必須負責任。

這一猶豫，冒出的冷汗已把他全身都浸溼透了。最後，他決定進去拿鑰匙。

決定了後，王訓元再次舉手按下電燈開關，哪知道燈光一閃，隨即又暗了。一定是剛好燈壞了……他在心裡，這樣告訴自己。然後，他舉步維艱地一步一喘氣，接著又收斂氣息，屏住呼吸，輕悄悄的移向客廳正中。只是，為什麼距離會這麼遠？明明看到的整個客廳，距離有限的才幾步路，這會兒走起來，竟然感覺那麼遠。

最後，終於走近靠牆的茶几了。心裡泛出一小股竊喜，他暗暗想：看吧，沒那麼困難，鑰匙就在眼前了。

略微定下心，王訓元幾乎僵硬了的身軀，彎下腰，伸手就要拿鑰匙……

突然，他後肩膀被拍了一下。

「哇！啊——」王訓元發出比鬼聲還難聽的淒厲慘喊到一半，一隻手突然掩蓋住他的嘴，他整個人近乎癱瘓的搖搖欲墜，勉強鎮定的轉頭，回望……

整個客廳光線陰幽幽，靠著外面不太明亮的路燈映照下，王訓元看到他，竟然是之前找不到地址時，在巷口遇到的李老先生。

雖然他臉色陰暗，但因是熟識者，所以王訓元定下心來。好在他反應也快，發出假笑：

「呵……呵呵，好巧，李先生，怎麼遇到您了。」

只是，方才掩住他嘴的手，怎麼那麼冰冷呀？

王訓元低眼看他的手，又抬頭笑道：

「您住附近嗎？」

「住……沒錯，附近，住附近。」李先生面無表情的：「嚇到你了。」

「李先生也來看房子？」王訓元又犯了職業病，堆上笑容。

李先生頭微甩，又點了一下，這動作很模糊，似乎包括兩種回答：是、不是。

「哦，那您最好白天來看比較清楚。因為……」說著，王訓元反身走向大門附近：「電燈好像壞了。」

王訓元按了燈開關，還是不亮，他轉回身，語帶抱歉的說：

「不好意思，燈壞了，明天我會換。」

說到這裡，王訓元突然發現，李先生上身穿著藏青色上衣，還有，在這不遠、不近的距離下，王訓元瞇眼看他，發現他跟他夢境裡的人，還有剛剛劉太太形容樣貌的那個人，有幾分相似。

直到這時，王訓元猛然有悟。他眉頭皺起，露出驚惶眼光。

就在王訓元愕然不知道該說什麼時，李先生露出笑，舉高手，隨著掉下一張小紙片，然後他右手豎起五根手指、左手豎起二根手指。

接著，在王訓元眼皮底下整個人由濃轉淡、由淡轉透明、最後整個消失……

◆

王訓元突然出現短暫的失憶，不知道過了多久，等他恢復意識時，發現自己端坐在陳雪莉家的沙發上。

「王先生，好一點了沒有？」

陳雪莉清脆聲響，喚回了王訓元的意識。他摸摸沙發，是實質的絨布，手上拿著溫暖的杯子。然後他看看陳雪莉，點頭，喝完剩下的半杯溫水。

「我剛接到你的電話，嚇了一跳。」

據陳雪莉所形容的，王訓元的聲音，完全不像是他的，倒很像……她不敢告訴王訓元她家地址，叫他在忠孝東路三段某巷巷口下車，她會在巷口等他。

結果陳雪莉看到下車的是王訓元，她才上前引他去大樓住家。

「到底怎回事？電話中你都說不清楚。我還以為房子賣掉了，所以你急著來見我。」

今天這狀況，從來沒遇到過，是他這一生中的首遇，因此難怪他這麼震赫，王訓元努力讓聲音一如往常般正常：

「我……今天有兩位客戶來看房子。」

陳雪莉露出笑容，仔細聽他繼續說下去：

「結果，客戶都被嚇跑了……」

接著，他道出今天下午，在售屋處發生的詳細細節，包括他遇到李先生的情形，最後擔心的說，鑰匙丟在屋子內，應該沒關係吧。

他說完，陳雪莉歛掉笑容，神色凝重，不發一語。

「陳小姐，我曾跟您說過，我們公司的原則，如果房屋有漏水、瑕疵或發生事故的兇宅，一定不能隱瞞。」

「我的房子不是凶宅！」陳雪莉大聲截斷王訓元的話。

「如果不是凶宅就更好，但是請妳說明，今天是什麼狀況。還有，那個李先生伸手，比出的七，究竟是什麼意思？」

遲疑了一會兒，陳雪莉才絮絮道出……

◆

原來，李先生是房客，已經租住了十幾年。他雖然有孩子、孫子，可是孩子都不跟他往來，他一直是單獨住在此。

隨著年紀愈大，他身體也出狀況。原本他就有慢性病，雖然有吃藥，不過好像愈來愈嚴重。

有一天，陳雪莉去收房租，發現他死在邊間房內。陳雪莉嚇了一大跳，驚得忙跑出房子，打電話通知管區警察，警察這才通知他的孩子出面，處理李先生的後事。

「說起來，這位房客是老年病歿並非意外，根本不適用兇宅，所以我覺得沒必要跟仲介說屋內有人病死呀。」

陳雪莉其實早想把房子賣掉，但因為李先生不肯搬走，而且他都如期繳房租，陳雪莉沒理由趕他，應該說，也是憐憫他孤身一個人吧。

「那，他雙手比出七，又是什麼意思？」王訓元問道。

張著嘴，好半天，陳雪莉才輕輕吐出：

「今天，是他亡故的尾七。」

離開陳家，王訓元走在夜色下，心思翻飛如雲，想到自己第二度就業，本想好好做，哪知道居然會遇到這種事？

他更想到，自己是否不適合這個職業？

這一問之下，事情頓時明朗化。但他很憂慮……明天他要如何踏進這間要出售的房子？

◆

今早王訓元特地早到公司，趁同仁都尚未到達時，悄悄把事情始末告訴了店長，並且向店長說明，昨天客戶去看屋時遇到的一些狀況。

店長認真地看著他，問他是否不敢接這個案件。

王訓元面有難色，支吾了老半天，把他在家裡睡覺時的夢境，一併說出來。

店長很意外，照理說不可能發生這情形，畢竟公規公，私歸私，那位亡者不應該追到他住處騷擾。

「我猜，可能是我第一次跟他碰面時，送給他一張名片的關係。」

「呀，有可能。」

思索了一番，店長帶著婉惜的口吻道：

「我覺得，這間屋子賣相不錯，地點也好，認真賣應該不難成交。如果你要放棄，那我就讓其他同仁接手。」

王訓元聽了，面露喜色：

「我願意，雖然放棄，至少我得到了寶貴的經驗。這都要感謝店長的教導。」

「嗯，那就這樣了。」

◆

當天，店長問過幾位同事。有膽子大的同事，當下允諾願意接手處理。後來，這位同事說，他第一次走進那間屋子時，在地上發現了一張王訓元的名片。

據王訓元說，屋子很快就成交了，他私底下問這位同仁，是否遇到過什麼奇怪的事。這位同仁笑了，他說他有撇步。第一，帶客戶看屋盡量不要找晚上時間，最好是上午。第二，隨著亡者逝去的日子愈來愈久，這位亡者就會離開他亡故的地方，畢竟這不是他該留戀之處。

王訓元很意外，問他怎麼會知道這些？

「唉唷，你想想，我幹仲介十幾年了，什麼狀況沒遇到過？我也曾請教過許多有經驗的朋友呀。」

所以，正如王訓元向店長說的，至少他得到了寶貴的經驗。

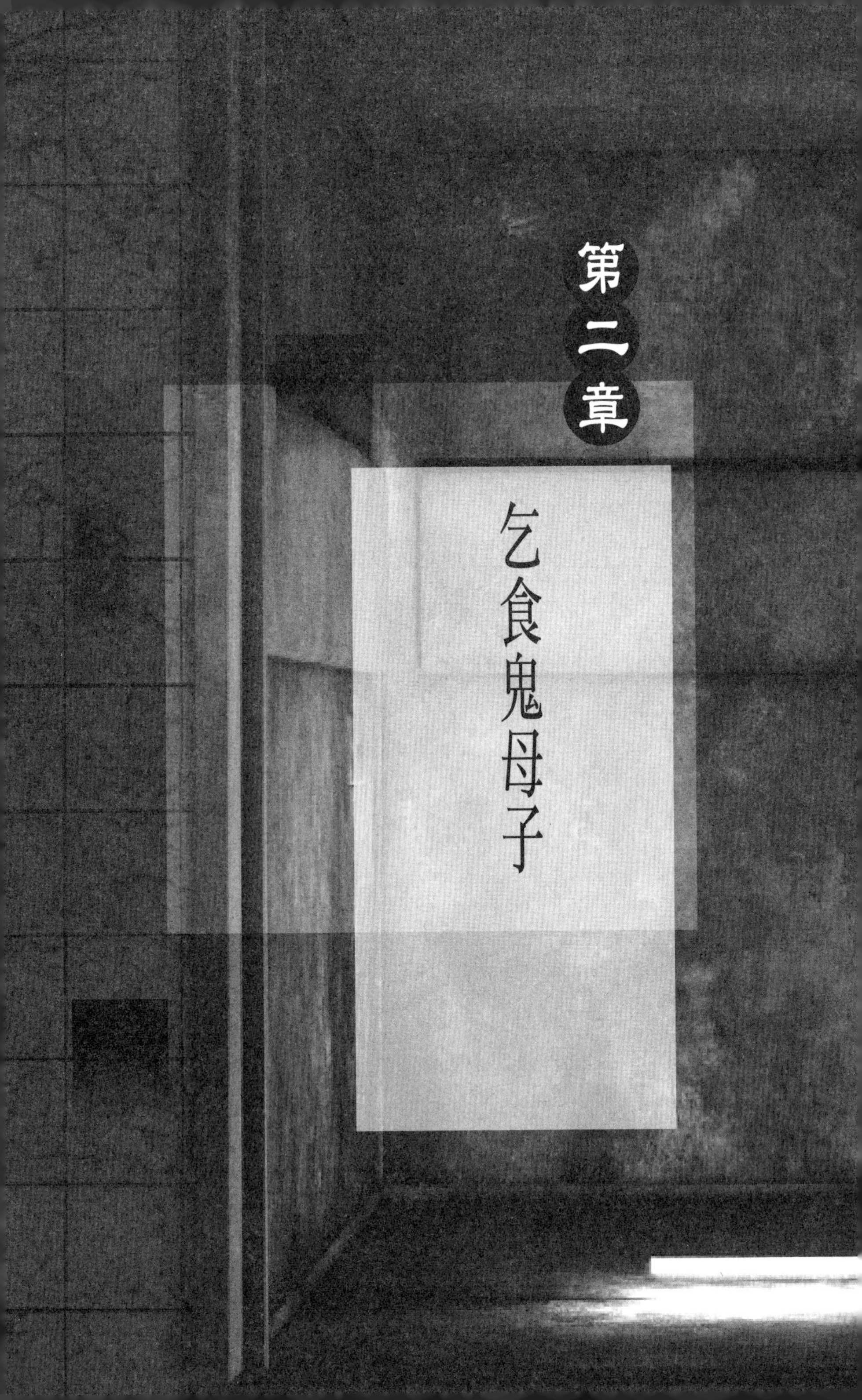

第二章

乞食鬼母子

經過重重打聽，當筆者找到蔡政州時，他翹著二郎腿，搖晃著頭：

「這事呀，本來不想講，害怕又糗斃了……咦？你不怕嗎？」

我笑了：「說不怕是假的，問題是，假設遇到了，總是要想辦法面對。」

蔡政州聽了，深有同感的點頭：

「對！想辦法面對，可惜我那時候馬上逃之夭夭，如果是現在，也許我會有另一種做法。」

我笑得更大聲了：「既然你有這樣的想法，那好，你可以再回去那個地方。」

蔡政州一顆頭搖得像鼓浪：「別陷害我了，拜託。」

「好啦，拜託你趕快說出你的際遇吧。」

◆

三年前，蔡政州經人介紹，到一間寺廟當廟祝。他是三月去的，正值料峭春寒的時候，這種天氣說變就變，早晚陰涼，白天偶而溫度還蠻高的。

這天黃昏時，天氣驟變，又是颳風又下雨的，他早早把在寺廟廊柱外的物品收一收，免得受潮。收妥當後，他在寺廟繞行、巡視一圈，看還有什麼得整理、收拾的。繞到神龕後的角落，無意間發現神桌腳邊，躺著一隻小小的布偶，好像是小孩子玩的小白兔。不過很髒污了，應該叫小黑兔才恰當。想到此，他笑了，暗讚自己何時變的這麼幽默。但一回想，他很意外，前些天也是這樣巡查卻沒看到這隻小黑兔。巡查一圈，很快到了晚餐時間，他進入廚房，準備晚餐。弄到一半，忽然聽到前頭有聲響。不過現在都將近晚昏了，照說是沒人會來參拜，除非是熟識者來找他閒聊。不過這種下雨天，更不會有人來。

他不理睬，兀自整頓好晚餐。但當他擺上碗筷時，前頭的聲響又起。他遂起身，越過後殿，循走廊往前。走到一半，聲音更清楚了，可是這聲音陌生得很，不像是他熟悉的或是附近的人。而且怪的是，那個聲音是低喃不清，就像一般人講話時，嘴張不開所說出的話，像含在口中的喃喃語音。

因為聽來萬分怪異，蔡政州輕手輕腳持續往前殿走。將近前殿時，兩旁各有一根粗壯廊柱，他躲在廊柱後，望向前……

怪異語音乍停，好一會兒又響，但他卻完全看不到有任何人。他挪近前，探出頭，還是看不到人。不過，怪異聲持續發出喃喃聲，稍停後又響起來，而這會兒他聽清楚了，居然是另一個聲音，因為聲音頻率不同。

蔡政州真的嚇到了，可見得前殿至少有兩個人以上，難道是小偷！如果真是小偷，那可不得了，想想看，今天他受託看顧寺廟，要真的有東西掉了肯定是他的責任，尤其是寺廟裡有香油錢、有金牌，雖然金牌不多只有兩、三塊，但也是廟產呀，要是丟了他可賠不起呢！一想到這裡，蔡政州一刻都待不住了，他加快腳步，筆直往前殿而去。但空蕩蕩的前殿，半個人影也沒有。

躲起來了嗎？會躲到哪去？這樣想著，蔡政州找得更仔細，連供桌下、神桌底下、佛龕下、籤詩架的背面他都不放過。把籤詩架推回原處，他忽然想到：

我怎麼發神經了？籤詩架本就靠緊牆垣，哪可能躲人呀？

淡淡哼了一聲，他轉頭往後走——晚餐都涼了哩。

剛剛轉出前殿廊柱時，奇怪低喃聲音又響！蔡政州心裡打了個哆嗦，這小偷也太猖狂了，他轉身迅速往前殿走，瞄一眼整座廟堂，腳下不停，筆直朝寺廟大門走，跨出廟外左右看了個仔細。

雨小了些，不過還是飄然下著斜雨，前面小廣場空蕩蕩，泥地上溼答答，並不見有什麼腳印之類的。

呆站了一會兒，他原想，不如關上廟門算了。可是又回想，當初交接者，明確告訴他：務必在晚上九點整才可以關廟門，不能早一分；也不能晚一分。於是，他

乞食鬼母子

只得轉進廚房，先吃晚飯再說了。

◆

當天夜裡，睡到一半的時候，蔡政州翻了個身，居然莫名其妙的醒過來。到此當廟祝，已過了半個月，每天他都一覺到天亮，不曾發生過睡到一半忽然醒過來的狀況。既然醒了，他想喝杯水，便下床走出廂房。忽然，耳中聽到一聲：「啪！」這聲音又響、又沉、又清晰。他頓住了，可以確定的是，他絕沒有聽錯，而且是前殿發出來的。

認真說來，這間只能算是中、小型的寺廟，即使有後殿，範圍說小不小，說大也不大，況且住了半個月，他可以說已經很熟悉了，絕不可能聽錯。他想，一定是晚昏時小偷沒有偷成，不死心所以半夜又摸進來！

真的太看不起我蔡某某了！床角落原就放著一根木棍，他瞄一眼，抓起棍棒，放輕腳步往前殿而去。

經過往前殿的走廊時，又響、又沉的「啪！」聲，乍地又響。他加快腳步，毫無停頓的快步走向前殿。

寺廟裡，晚上照例是不開燈，只有龕桌上點了左右兩根蠟燭，因此整個大殿昏黑晦暗，加上蔡政州乍醒，視線難免有些模糊。走到一半，果然，他看到昏黑的前殿地上有一抹不甚清晰的黑影。心中大喜，他馬上趨前，抓起棍棒快步衝向前，對著黑影用力一棒給打下去。依他估計，這一棒力道不小，就算沒有死也會要他半條命。不料，他撲了個空，棍棒沒有打到實質物事，還讓他腳步踉蹌著，向前傾倒。好在他手快腳快，硬生生停住身軀，還差點被棍棒後座給戳到胸腹了。

等他立定身軀，放眼望去，黑影不見了。他揉揉自己胸前肚腹，因這一用力讓他清醒不少，他再次巡視整座廟殿，檢視大門、兩邊小門都鎖緊著，這才回到廂房繼續夢周公去。

◆

天亮了，驅走不少黑暗的陰晦。蔡政州的早餐通常是外食，他用完早餐，回到寺廟，繼續一天的工作：打掃、擦抹神桌、佛龕……接著前、後殿都繞行一遍，恭敬的開始奉茶、上香。一面工作，他一面回想昨夜，覺得應該不是夢境吧？

工作告一段落，他撥電話給黃老先生。當初就是黃老先生跟他交接，因為他年紀大了，現在退休在家含飴弄孫。接到電話，黃老先生很快就到寺廟來。

泡了一壺茶，蔡政州跟黃老先生，坐在寺廟前的小廣場上閒聊。

昨天下過一場春雨，全讓泥地給吸收掉，今早真是個舒爽的好天氣。

白髮蒼蒼的黃老先生，轉頭看一眼寺廟，搖頭嘆道：

「退休了反而很想念這裡，都替神明服務了幾十年嘍。」

「有空的話，您可以常來坐坐、閒聊。」蔡政州接口道：「對了，您想回來嗎？」

「不行啦，年紀大了行動不便，沒辦法做了。再說，老了就要退，換年輕人嘍。」

「呀，對了，您以前廟裡曾有小偷光顧嗎？」

「小偷呀？」黃老先生跌入深深的回憶：「十多年前發生過一次。」

「喔，」蔡政州恍然大悟的點頭，說：「那就難怪了。」

黃老先生喝一口茶，放下杯子，用不解的眼神看著蔡政州等他繼續說下去。

「也許小偷知道您退休，換了新人，所以再次來探路。」

「什麼？你怎麼這樣講？」

「嗯，我想也不是不可能，畢竟現在時機不好，沒工作、三餐不繼的人很多，搞不好……」

「不會吧？」黃老先生搖著頭：「我們這間寺廟，每逢過年、過節，都會賑糧、發救濟金做善事。附近的鄰居，都會互相照應……啊！說起這個，我記得那一次的小偷就是鄰居幫忙逮住的。」

「是哦。」

「後來，」黃老先生眨巴著眼，一面回憶：「廟方不但沒有報警，知道了小偷的困境還送他一筆錢，讓他回去好好找個工作。」

「是喔。」聽到這話，蔡政州覺得自己昨晚好像太過分、太兇狠了。

「嗯，我們寺廟一向以慈悲為大願嘛。」

黃老先生看他一眼，這一眼讓蔡政州如坐針氈：

「那，打小偷就是不對了？」

「哪來小偷啦，你想太多了。」黃老先生爽朗的笑了。

實在憋不住了，蔡政州把昨晚的情形完全說出來，末了還自責不已。

黃老先生聽得雙眼瞪得圓鼓鼓，接口道：

「錯了，那不是小偷。」

這會兒，換蔡政州瞪圓雙眼。黃老先生反問道：

「你知道我們寺廟供奉哪尊神祇？」

「城隍爺啊。」

黃老先生這才絮絮道出……原來，蔡政州昨晚聽到的，是城隍爺夜審新亡者案件，而那聲「啪」就是驚堂木的聲響。

蔡政州聽的一愣、一愣的，這可是他第一次聽到這種事。

明白了這事後，蔡政州如果聽到半夜傳來任何奇怪聲音，他都當作沒聽到，繼續躲在廂房內睡他的大頭覺。

◆

接下來的日子，倒也平順，很快的就到了盂蘭盆節，寺廟舉辦超薦法會，蔡政州這才懂得什麼叫做忙碌。好在有鄰居、信徒自動來幫忙，加上黃老先生臨場發號施令，大家分工合作，即使再忙也顯得有條不紊。

一連三天的法會，讓蔡政州忙翻了，每天的法會結束後還要分發供品，所以他都忙到很晚。才第二天，也是很晚了，他就腰痠得直不起來，一沾到床立刻呼呼大睡。不知道睡了多久，迷糊間蔡政州感到被人搖晃著。他翻個身面向床外邊，瞇著的眼前突然出現一團影子。影子開口，不知道說了些什麼，可是聲音卻傳進蔡政州的耳膜。他微怔，瞬間猛然睜大眼，赫！面前一團影子，竟然是個人！

蔡政州大驚之下，急忙翻身坐起來，看到這個人，居然是一位婦人，緊抱著個

乞食鬼母子

癟扁的包包，看來很像是衣服之類的。

「耶，妳、妳誰呀？」

蔡政州環眼一看，這裡是他的廂房，但為什麼會有婦人進來？

「唉……」婦人發出沉重又長的嘆氣聲。

「妳到底是誰？不得允許，怎麼可以擅自闖進我得房間？」

婦人緩緩抬起頭，入目之下，蔡政州嚇一跳，整個人往內縮了半尺。

他看到她，這邊是普通的臉，另半邊卻是黑忽忽的。在蔡政州追問下，婦人幽幽地開口：

「唉，我搶不到東西，可憐我的孩子沒得吃，拜託你施捨我一些。」

「妳的孩子？在哪裡？」

蔡政州轉眼，四下望望，除了這婦人之外，什麼都沒看到呀！

「喏！」

婦人應了一聲，把她手上的癟扁包包地到蔡政州面前。

蔡政州看到包包內，是一團黑烏木炭，再一細看，黑木炭上五官清晰，狀似嬰孩，卻緊緊閉著眼。

蔡政州驚訝的問：

「怎麼這麼黑？孩子怎麼了？」

婦人沒有回答，卻嚶嚀出聲，蔡政州以為她在哭，脫口道：

「孩子病了？趕快去找醫生啦。」這樣說著的時，蔡政州緊望住嬰孩，心裡也覺奇怪，到底是生什麼病會黑成這模樣？

突然，黑木炭嬰孩，猛然瞪大雙睛，冒出慘綠色閃光逼視著蔡政州。

蔡政州渾身大震，頓然驚醒過來。

原來是南柯一夢，但是這夢境也太真實了，讓他整個人都懵了。

忽然，沒來由襲來一陣寒風，蔡政州打個寒顫，凝眼望去，看到房間門半開著，還略略輕輕一搖，狀似有人開門走出去——如果有人的話。

皺緊眉頭，蔡政州連忙下床把門給闔上，還上了鎖。他記得很清楚，睡覺時明明把門關上也上鎖，門怎會自動打開來咧？

重回床上躺下時，他發現自己身上在冒汗，摸摸脖子，想起方才夢境，潛意識忽覺得不太妥當。於是他又下床，走近房門，打開來探頭往外看了看。外面只有些微暗光透過來，其它是漆黑一片。

漆黑，讓他憶起夢境中嬰孩焦炭般的黑臉，周身一寒，倒吸口涼氣，他連忙關緊房門。

◆

次日，法會終於結束，大家都鬆了口氣。黃老先生和蔡政州忙著善後收拾、發放著供品。七十多歲的林阿嬤，和她幾位鄰居阿梅、玉蘭，也幫忙收拾。接著，其他幫忙的信徒領了供品都各自回去了。

「黃先生，難得你今天會來幫忙。」林阿嬤道。

「嗯，蔡先生第一次接掌這個職位，我來幫忙，明年開始就都是他負責了。」

黃老先生道：「以後有問題儘管問他就對了。」

「是哦，我剛好有個問題不知道可以問誰。」

黃老先生放下手邊物品，點頭道：「什麼問題？」

林阿嬤未語先就紅了眼眶：

「一個多月前，我的媳婦和孫子家裡發生火災不幸被燒死了，今天的法會我超薦他倆母子，不曉得他們母子有沒有收到。」

「妳媳婦什麼名字？」

「梁淑芬。」

黃老先生看了看登記的本子，指著其中一個名條，點頭道：

「呀，有有，妳媳婦名字在這裡。」

「喔，太好了，這樣我也可安心了。」

說著，林阿嬤挽起供品籃子，夥同阿梅、玉蘭鄰居一起回去了。

等一切都整理好已經接近八點多，寺廟九點關門，蔡政州深覺抱歉，一直催促著黃老先生趕快回去，否則太晚了不好。

「好，好，難得忙碌一次，差不多了，你也累了吧？」

「還好，謝謝您來幫忙，不然很多事情我真的都不會哩。」

就在黃老先生準備離去時，廟外緩緩來了一對老夫婦。習性不改的黃老先生，連忙上前問候。

「請問，這裡辦法會嗎？」老先生問。

「呀，已經結束了，請問兩位貴姓？」

「我姓游。」老先生說著，轉向游太太：「慢了一步啦。」

黃老先生熱切的請問游姓夫婦有什麼事。兩夫婦這談起，說他們想來請求驅邪，不知道寺廟能否幫他們驅邪？

「驅邪哦？恐怕要請懂的人主持喔。」

「您不會嗎？」游先生盯著黃老先生。

「我不會，不過我可以替兩位推薦。請問兩位有什麼困難？」

「唉，提起這事，我們也莫名其妙。」

蔡政州請游夫婦落座，游先生提起，大約是半個多月前，他倆夫婦遇到了奇怪的事。

◆

游先生的子女都各自住外面，家中只剩下他倆夫婦。他記得很清楚，那一天早上開始下雨，午飯過後他兩夫婦就午睡。睡到也不知道到底是幾點，他被聲聲電鈴吵醒，睜開眼睛一看，天已經黑了。

他連忙推醒身旁老伴，問她現在幾點了，為什麼屋內漆黑一片？

游太太拿起床頭小几的小鬧鐘，不發一語，直接拿給老公看。

入目之下，游先生驚跳起來，小鬧鐘面板上是烏黑一片。他正想開口，電鈴聲突如其來的大響。這讓他又驚跳了一下，揚聲道：

「怪啦，我記得我們在睡午覺，難道我們從中午睡到晚上？」說著，他又朝房間門外道：「這又是誰呀？按這麼急！」

「你趕快出去看看，說不定是女兒或兒子，臨時有事找我們。」

從臥室出客廳到大門，游先生發現都是一片漆黑，他打開門一看，是個不認識的中年女性，手中抱著個包包，包包又癟、又扁。

「妳找誰啊？」

「你，游先生吧？拜託、拜託，施捨我一碗粥吧，我這孩子沒得吃，拜託。」

其實，現今的社會，幾乎沒有乞丐了，游先生看她穿著，不像窮苦人家，遂問道：「我得問問我老婆，還有，我得先知道妳誰？不是我吝嗇一碗粥，我今天……呃！」說著，游先生搖搖頭，拍拍後腦：「老了，精神差了，我今天很奇怪。」

「我姓梁，梁淑芬。」中年女性小聲說。

不等她說完，游先生轉頭往回走。這時，游太太走出客廳，游先生吩咐她去廚房拿碗粥出來。

照說，游太太會問他，但結果沒有。大概游太太也昏頭了，她馬上走進廚房，盛了一碗粥出來，以為是老公要吃，結果游先生對口應道：

「端給大門外的女人吧。」

「你見鬼了，大門外沒有人呀。」

「沒有人嗎？那妳就放在門口吧。」順口說的時候，游先生忽然頭疼欲裂，他腳步不穩的落座到沙發上，撫按著太陽穴。

游太太依言，放下那碗粥，隨即把門給關上了。

就在這時，游先生的頭突然不痛了，他搖晃著頭，看著游太太，說：

「耶，妳怎麼把門給關上了，外面那個女人呢？」

游太太聳著肩膀，搖頭，說她沒看到有誰在大門外。

聞言，游先生起身去開門。果然沒看到有人，只是地上那碗粥已經空了！

也就在這同時，他兩夫婦乍然看到室內、室外，突然明亮起來。

望向牆壁上的時鐘，四點整。游姓夫婦呆愕的對望著，這會兒他倆才像睡醒過來般，但除了那只空碗外，什麼都記不得了。

連著七天不管他們有沒有午睡，每天下午，門鈴很準時一到三點五十分就響起來。然後他家室內、室外就全都是一片烏黑，直到那碗粥送出大門外，碗空了後才又恢復正常。

第八天情況就改觀了，門鈴沒再響起，那位叫梁淑芬的女子也沒再出現，游夫婦以為怪事情都過去了，也沒放在心上。

兩夫婦去附近超市，旁邊幾位婦女在談話，一再提起「梁淑芬」這個名字，游先生覺得這名字很熟，不免好奇湊近前，一問之下才知道，距他家三條街外的一間公寓發生火災，梁淑芬抱著兒子被燒死在裡面。

當天夜裡，游夫婦睡得正香甜，門鈴響了。他去開門，赫然看到一個女子抱著個包包，來討食物。

游先生心裡有數，不過因為年紀大，見識多，他勉強壓抑害怕，直接道：「梁淑芬，妳已經死了，被火燒死了。又不是我害死妳，拜託妳不要再來騷擾我。」

梁淑芬緩緩抬起頭，現出燒焦、烏黑的臉龐，同時把手上包包遞向前，游先生看到包包內，一個五官清晰，卻燒成焦炭般的嬰孩臉，倏然睜大慘綠色兩眼，逼視著游先生……

◆

九點，蔡政州依慣例把廟門關上，陰鬱的廟門外颳起一陣寒風，他吸口冷氣感覺自己雙手手心，寒冽又濕涼。關上門，回到原處，聽到游先生道：

「我們知道撞邪了，問了幾位鄰居，介紹我倆來寺廟，祈求驅邪。」

這時，黃老先生雙眉糾皺成一堆，沉吟不語。

等了一會兒，蔡政州忍不住開口：

「梁淑芬，不就是林阿嬤的媳婦嗎？昨天晚上我夢見她抱著她的孩子，說搶不到東西，到廟裡來乞食。」

此話一出，另外三個人具都神情迥異的望住他。

思考一會兒，黃老先生才開口：

「看來這件事不簡單，得好好琢磨。」

游夫婦同時頷首，蔡政州也有同感的等黃老先生下文，只聽黃老先生說：

「可惜法會結束了，明天一早，我去找這次法會的主持法師，請問他該怎麼處理。看是再替她超薦，還是引渡她這我也不懂，就看法師怎麼說。」

「好，太好了，就拜託黃先生您了。」

「不要這樣講，您太客氣了。游先生，請你留個電話，有結果我再連絡你。」

事情就這樣說定了，送走游夫婦，黃老先生同時也回去了。

蔡政州關妥寺廟小門，忽然感覺到陰冷氣焰兜頭襲來，他加快腳步回自己廂房內。原本是打算就這樣睡下算了，因為忙了一天說真的也是累了。可是脫掉衣服，蔡政州沒來由，居然聞到一股焦味。他認為是自己汗臭味，不然就是今天燒化金紙的味道，所以也不以為意，等躺上床才發現焦味怎麼愈來愈濃。濃到幾乎就像是物品被燒焦了的味道。

蔡政州翻來覆去，就是無法入睡，甚至覺得頸脖黏呼呼。伸手摸摸，不只頸脖，連胸前、腋下、關節都是。他無法說出那種奇怪的感覺，最後不得不下床，輕輕往廚房而去，打開瓦斯準備洗澡。

打開水龍頭，瓦斯聲音不尋常，不過他還是勉強蓄滿熱水。關上時，忽然響起尖銳嘶聲，害他嚇一大跳。想說算了，將就著洗洗，總比沒有洗好吧。念頭轉到這裡，眼角忽然掃過一抹黑影……

廚房旁這間是衛、浴共同，大約在一個人高的地方處有個窗口，窗口是毛玻璃花紋。為了省電，外面廚房關上燈光，照說窗口外是漆黑一片，哪會有什麼黑影。

念頭轉到這裡，蔡政州笑了，他笑自己太無膽，既然到寺廟當管理員怎麼就沒有這種概念？就是難免會遇到些無法用科學驗證的事情，現在知道了，除了認命、看開之外，又能怎樣？

身上抹著肥皂，他故作輕鬆的吹了一長聲口哨。他絕對沒想到，這又犯了禁忌。

口哨音稍停，外面廚房突然傳來「乒乒」聲。

蔡政州渾身、渾腦，整個都停頓住無法運作，他明知道外面廚房都沒有人，怎麼會有聲音？頓住了好久、好久，他感到自己死了般，接著緩緩轉頭望向唯一的窗口。

赫然間，窗口毛玻璃左面映出一個女子頭、頸、胸部的側影，側影徐徐往右移。移到一半，頸部下面出現了一個突兀的黑色包包。

這情形讓他不禁想起，是個女子抱著個包住了的嬰孩，沒錯，就是這姿勢！就是他昨夜夢見過的那個女子，也是游先生口中的梁淑芬。

蔡政州既駭怕又生氣，他想：剛剛，黃先生都說明白了，要替她超薦或引渡西方佛國，她不應該出現嚇人呀！

念頭轉到這裡，突然，小黑色包在掙扎、扭動，上面應該就是嬰孩的頭。

果然，包包頂塌了，一顆小小的頭掙脫出包包，原本是側面，它扭曲著轉成正面，望著毛玻璃窗這面。

蔡政州發顫、發慌，心想趕快沖洗清水，趕快回廂房，但是手腳、身軀卻不聽使喚，硬是呆呆杵立著無法動彈。

忽然，嬰孩頭整個靠近前，俯近窗口的毛玻璃，蔡政州很想收回眼神不要看窗口，但是他已無法自主，眼神跟著對上了嬰孩。隔著毛玻璃，他依稀可以看到一團焦炭的嬰孩臉上瞪大一對慘綠色雙瞳。

猛吸口氣，運起渾身力道，蔡政州終於拉回雙睛視線。不理窗外，他迅速的沖水，隨便清洗一番，準備洗完，快快落跑。

抓過一條毛巾，他胡亂抹擦著身上，正想穿上內褲，突然一陣扒刮聲響傳來。他急忙望向窗口，暗濛的窗口，不知何時，黑影——包括女人頭、嬰孩，全都消失了。

走了？它們離開了？

意念這樣升起之際，扒刮聲響再次襲來，蔡政州循聲發現是浴室門傳來。

原來，它們在浴室門外！

蔡政州心口凸凸猛跳起來，想到：怎麼辦？怎麼辦？

才洗完澡，他身上卻狂冒汗，已經分不清是冷汗，還是熱汗了。

他神色木然，轉望向唯一的出口，窗戶。想說，可能要爬窗出去了。但想想，不行，要是摔跤了、要是閃到腰了、要是……不管怎樣，這條路不通。

千想萬想，似乎只有一個辦法，直接打開浴室衝出去。

吞了口口水，他決定就這樣辦了。心神略定，他雙手顫抖地穿上底褲、內衣，四下看一眼，順手抓緊毛巾，準備以防萬一看到它們，就用毛尖巾當武器。

好，準備妥當時，他突然發現扒刮聲消失了。

心裡暗中喊一、二、三！他打開浴室門衝了出去，直接奔向廂房，途中踢到一只鐵盆，差點摔跤了。總算奔進廂房，急忙忙關緊房門，鬆了一口大氣，他幾乎快癱瘓了，緩緩轉回身。

赫！梁淑芬低頭抱著嬰孩坐在床邊……

◆

這一夜到底怎麼過的，蔡政州已忘記了。他只記得隔天一大早，他奔出寺廟去找黃老先生，把鑰匙交給他後，頭也不回的離開了。當然，後來廟方是如何處理梁淑芬的事，他不知道，也不想知道。

第三章

雙生逆鬼

康安杰的工作是快遞，據他所稱，曾遇到過兩次無法以常理論斷的事件。

第一次，大約在一年多前的某一天，次日一大早到公司，他把昨天整理妥當的清單、物件，再次核對之後就開始跑案件。

公司採責任制，工作早完成早休息，雖然他很拚，不過總會有些狀況發生，導致每天完成工作時，幾乎天色都快黑了。

像今天，明明一大堆該送的物件都送達了，偏偏出了三件在偏遠地段，而且一個在東、一個在西，結果想也知道，光是來回就耗費了許多時間。

還有另個問題，路段他不熟。

到了新北市三重區，他才知道屬於邊疆地段的這裡，原本是整片菜園，可能是都市計劃增加了新的路段，難怪路名這麼陌生。

他繞來繞去，看到許多準備新蓋大樓的基地，就是找不到他要的地址。

好不容易終於遇到一位路人，不得已他只好停下機車問路。

再度跨上機車，天色已經暗了，還陰沉得像要下雨。

加緊車速，三彎六拐……可是奇怪，附近怎麼都是空屋哩。

順著門牌，他逐一找過去，拐了個大彎看到矗立在暗昏下的屋子，讓人不禁興起悲涼之感。

再次核對著門牌，真的是看起來很老舊了的這棟透天小屋子。確定無誤了，康安杰找不到門鈴，他上前敲門。

敲了很久、很久，屋內原本一片暗黑，隨著敲門聲響，二樓上亮起燈光。

康安杰當時沒感覺，事後再度光臨，才發覺很不對勁。

一會兒，大門開了，是個七十多的老先生，他看起蒼白、消瘦，好像風一吹他馬上會倒下去。

老先生額頭邊邊腫了個瘀青包，他神色冷峻，混濁的眼睛很不友善，冷冷的望著康安杰，等他說話。

「您好，請問是陳先生嗎？」

老先生不答話，僵硬的點頭。

「喔，您有包裹。請您簽名，謝謝。」

說著，康安杰遞出手上包裹以及簽單，陳老先生看看包裹，又看康安杰，反應遲緩的點頭，然後接過康安杰手上的筆在簽單上簽名。

接觸到陳老先生的手時，一股冷冽寒氣，由康安杰的手傳導入心裡，他沒注意這許多，只意識到手的自律神經，有輕微的抖動。接過簽單，他返身就騎車離開了。

終於送妥最後一件，通常這正是他最開心的時刻，雖然天色完全暗了，可是他心裡卻很輕鬆，不自覺吹起口哨……

忽然，他感到身後有一股無形的什麼東西讓他背脊很不舒坦，便無意識的轉回頭……咦？剛剛送貨的那間透天厝，為何會陷在一片暗黑中？屋內明明有住人，

天色都這麼暗了，他居然不用開燈？嗯，可能是年紀大生性節儉吧，不過這麼暗沒問題嗎？看得清楚室內？

康安杰家裡也有長輩，多少懂得老年人的心態。聳聳肩，轉回頭，再次發動機車向前而去。忽然想到自己吃錯藥了，今天特別奇怪，每天工作量不輕鬆，哪來那麼多心思替人擔憂？

莫名其妙！

◆

兩天後，下班時，老闆把康安杰叫進辦公室。

「你的案件是怎麼送的啊？」

康安杰丈二金剛摸不著頭緒：「就都依照您分配的呀。」

「有客戶打電話來說他沒收到包裹。」

「不可能，哪位客戶？」

老闆看著桌上的記事紙條，抬頭道：「姓陳，陳先生。」

「陳先生？」想了一下，康安杰道：「這兩天，我的貨主姓陳的有好幾位，不知道您說的是哪一位？」

老闆又看眼記事紙條：「陳顯達。」

康安杰偏頭想了想，印象中似乎沒有這樣的名字，他攏住眉心：

「我是不記得有這名字的客戶，不過如果是我負責送的，一定都有請客戶簽單作證啊！」

「如果客戶有收到，不可能會打電話來公司，你去找找看。」康安杰立刻轉出辦公室，向櫃檯方小姐要來這兩天的簽單收據。

找了好一會兒，果然沒有陳顯達的收據，他又跟方小姐對照著，之前來電委託代寄的單據，用委託者和代寄地址兩相對照，找到三重偏遠地區，也是姓陳的，康安杰很快拿進去，讓老闆過目。

老闆看了，道：「我也跟他說，也許是他家人代收。不過，陳先生說他沒有家人，不可能有人代收。這是急件，確實沒收到，他很急。」

「這就奇怪了，地址也沒錯呀。」康安杰還記得那個地址，位於偏僻的老舊屋子，以及那位老先生，他印象很深刻。

老闆接口道：「我們向來客戶至上，我看，不如你跑一趟，把單據給他過目。」

因此，康安杰出門了。

◆

看到康安杰，陳顯達臉上寫滿焦急神色，也許他真的很急。

康安杰遞上代收簽單，入眼看到收件者名字時，陳顯達登時臉色慘白，握住簽單的手劇烈顫抖著。

康安杰沒注意到他異常的舉止，指著簽單上的名字『陳守仁』說：

「看，這名字沒錯吧，這位老先生應該是您的父親或……」

「亂講！你不要亂講！」

陳顯達衝口而出的焦躁聲響，讓康安杰吃了一驚。抬頭看他，只見他額頭冒汗，還順著臉頰往下滴淌。

這會兒，康安杰也不曉得該怎麼接話了。

「你，馬上去把那個包裹帶來交給我，拜託你。」

從來沒碰到過這種事，康安杰都呆了，支吾著說：

「可是，我該怎麼跟這位陳守仁先生說呢？請你看清楚，您報的收件地址沒錯呀，這不是我們公司的錯。」

長嘆了一聲，陳顯達臉色更難看了：

「是啦，原本我以為我會在那裡，後來我地址變更了，曾撥電話到你們公司，一位方小姐接的，我說我要變更地址。」

「哦……」不能砸公司的招牌，康安杰想了想，只好說：「有可能您打電話來時，我已經出門送件了。」

「所以，這應該是你們公司的疏失，拜託你幫忙跑一趟，我這文件很急。」

說來說去，倒變成公司的疏失，康安杰呼了口氣：「現在嗎？」

「明天之前，我一定要收到。」

垂頭喪氣的辭別陳顯達，康安杰撥電話給老闆，說明狀況。

結果老闆的意思是，叫他馬上去拿包裹，會算他加班費。

明天還有明天的工作量，如果明天再去拿，恐怕無法當天交給陳顯達。

◆曾經來過，路徑是駕輕就熟，問題是半路上康安杰用個晚餐，到達三重區都快十點多，已經很晚了。

原本康安杰有點擔心，如果太晚了，豈不擾人睡眠？

第一次來時，他一心想早點把貨送完，並未注意其它許多。這時，他才注意到附近幾乎都沒有住人，稀稀疏疏幾棟屋子，不是傾頹就是破敗不堪，有屋頂被掀開了，還看得到內面雜亂木柱、磚牆。

轉了幾個彎，最後經過一個大彎，這幢老舊透天屋赫然在望，屋子是漆黑一片。康安杰敲了好幾分鐘，都沒有人來應門。

想到明天要交給陳顯達，今天一定要拿到包裹，康安杰萬分焦急，看看破落的門板，他打算衝進去……舉起手正要推門之際，突然傳來一聲巨響：「碰！」

冷不防嚇一跳，康安杰手抖動了一下。突然，門板『呀——』一聲，自動打開。他心中大喜，毫不猶豫跨進去，他凝眼尋找著……突然，背後的門又自動關上，他連忙回頭望去。以為有人站在門後面關門，但門板後面空無一人。

吞了口口水，康安杰出聲叫：

「有人在嗎？陳先生，我是快遞，陳守仁老先生，您……」

「碰！」又是一聲巨響，樓上傳來的。

康安杰沒來由的打了個顫慄，為了壯膽，也為了禮貌，他呼喊了幾聲，表明自己的身分與目的。可是，依然沒有任何反應，屋內似乎沒有人……但，不對啊，沒人哪來的聲響？

怎麼辦呢？不如……康安杰突發奇想，包裹，還是找包裹重要，找到包裹明天交給陳顯達不就任務完成了？

忽然覺得自己好聰明，接著康安杰四下尋覓著。角落的地上有一張報紙蓋著，露出一角牛皮紙封套，潛意識讓他覺得，那個就是包裹。

他走向前彎腰，拿開報紙，果然是他送達的包裹。心中大喜，伸手想拿，突然身後颳起一陣奇寒怪風，忽感到有一股力量襲臀，他隨之往側邊傾倒在地。

「哇呀！」

是不痛啦，不過太意外了，讓他驚呼出聲。在地上翻轉個身，變成正面往後，並抬頭望去……

前面直挺挺站著一道人影，一道道細小、腥紅色血流在臉上流著，最明顯的是臉上額頭邊角，腫脹著瘀青包。

但是不到三秒鐘，人影臉上的血流遽然消失迅即恢復原狀。他，正是陳守仁。

康安杰由瞠目結舌的表情，立刻轉換成鬆懈的喘口大氣：

「唉呀，陳先生，您嚇了我一大跳。抱歉，我不是有意闖進來，我有重要的事找您，您從外面進來的吧？」

一面說，康安杰一面爬起來，他堅信一定是室內光線過度幽晦加上自己心急、心虛，才會衍生出錯誤的視覺。

陳守仁臉容蒼白冷峻，混濁的眼睛盯住康安杰不發一語，康安杰很快轉回身，彎腰抓起包裹又轉向陳守仁……

只這一眼，讓康安杰整個人再度繃緊神經！

室內非常暗朦，怪的是陳守仁整個人上下反倒鮮明，周身微微泛著一圈光環，唯獨他額頭邊角腫脹一大包，汩汩往下流淌著血。

「呀！陳先生，你受傷了？」

陳守仁點頭，康安杰看得一清二楚，他臉容冷峻，嘴巴緊閉，兩邊嘴角往下彎成個大弧度，他在說話，可是詭譎怪聲，卻是由康安杰身後發出來：

——我摔傷，摔倒兩次，好痛、好痛、好痛……

康安杰忍不住，轉頭往身後看。一看之下，他整個人跳起來，手上的包裹掉到地上。他身後，陳守仁躺倒在地上，捲曲的身子不斷顫抖，配合聲音每發出一聲：「好痛。」他就明顯的抖動，連續抖動了三、四次。

康安杰看地上的陳守仁，又轉望直立著的陳守仁……沒錯，兩個都是陳守仁，但卻是兩種不同樣貌，一個普通人可以這樣嗎？

不可能！那麼，他……不！它是什麼？

康安杰伸出顫抖的手，指著直立著的陳守仁，又迅快指著躺在地上的陳守仁，狂喊著：「鬼！你、你、你是鬼……」

這時，躺在地上的陳守仁，費力且痛楚的站起來，臉上都是橫流的血線條，模樣矮小、身軀骯髒極了。

——我不是鬼，我受傷了，傷得很重……

——我恨啦，恨那個不肖子，他不應該，太不應該……

兩個樣貌不一樣的陳守仁，同時發話，同時朝康安杰緊靠過來。

康安杰一直退，可是怎麼退都會被兩個它逼近，他知道要快點閃、快點跑，偏偏腳軟，兩隻腳像被釘子釘在地上，發顫的身軀只能左閃右避。

康安杰企圖伸手愈推開陳守仁，但是手指尖一碰觸到陳守仁，不管是碰到哪一個，手指尖立刻傳來麻痛，害他急忙縮回手。

急切中他想，手指尖都會有痛麻感，要是身體被它包抄、或侵襲了或許會死掉也說不定！眼看兩個陳守仁，就要侵襲過來了，在攸關生命的剎那間，康安杰不知哪來的勇氣，奮起幾乎快失散了的膽子和力道衝向大門。

大門是被關上的，過度緊張的康安杰用力敲著門，因為駭怕。他轉回頭看到兩個陳守仁一前、一後同時追過來。

康安杰周身細胞，全都顫慄不安的震顫著，好在他突然意識到，他是在門內，並非在門外，幹嘛敲門！

再次轉回頭，康安杰學聰明了，他伸手去拉門把，不過因為手抖得太厲害，好半天，才總算握住了門把。

一面微側著頭，他發現陳守仁已經追上來。兩個陳守仁一起伸長枯瘦臂膀，就要抓他背脊……他半蹲下身軀避開了，同時轉動門把。

門開了，他幾乎是用摔出去的姿態和速度往外衝。

衝出去的剎那間，康安杰整個摔倒在地，而透天厝的大門「碰！」的關上了。

半爬向機車停放處，跨上機車的雙腿還在顫抖。康安杰催動把手，車是發動了，但他突然想起包裹沒拿……

全身都溼透了，心臟碰碰的跳動聲，猛烈響在康安杰耳中，他很想進去拿包裹，但另一個聲音警告他：再進去一趟，肯定會丟掉性命，為一個包裹犯得著賣命嗎？

躊躇不定間，透天厝突然傳來「碰！」聲響，這會兒他知道，那是陳守仁摔跌在地的聲音。

張著大口，猛一吸氣，康安杰用力催動把手，機車絕塵往前衝。

◆

次日，康安杰病倒了，渾身發燒、頭痛、畏寒，不得已向老闆請假。

電話中老闆問他，陳顯達要的包裹呢？

「哦，這個……」康安杰不敢說出昨天的際遇，因為絕對沒有人會相信他的。遲疑了一下，他掰出車禍事件。

幾天後，康安杰銷假再到公司報到時，聽到陳顯達的包裹是一位同事處裡的，他悄悄問他包裹的事情。

同事說，康安杰請假當天，他跟陳顯達聯絡，說明康安杰車禍受傷了，陳顯達要的包裹由他代送，可是因為他當天有工作，必須等到晚上才能去拿包裹，次日才能送達。陳顯達似乎急於要包裹，跟老闆盧了很久，最後達成協議，老闆要同事先陪陳顯達去他舊家拿包裹。

同事說那間舊屋真的很破舊，一進去就讓人感到很不舒服，陰陰潮潮不說，還充斥了一股很臭的味道，好像肉類腐爛掉的味道，臭氣薰腐著整間屋子。

包裹就在屋子角落，陳顯達沒進去，他站在門口，請同事進屋去拿。

拿到包裹，轉出外面時，同事發現陳顯達忘形地盯著樓上……

包裹到手，在往市區的路上，兩人閒聊時同事無意間問起陳顯達，房子那麼老舊，應該可以重蓋了。

「耶，你也覺得這樣，對不對？」

接著陳顯達才談起，原來有個建設財團來談都更的細節，附近鄰居都同意、簽名了，偏偏他父親陳守仁不肯。

陳顯達的意思，是想把屋子賣給建設公司到市區另買一間。

陳守仁年紀大了，臥病在家，眼看鄰居一戶戶的搬走，只剩陳守仁不肯離開。

兩父子意見不合，吵了好幾次，陳守仁很生氣的說，這屋子是他辛辛苦苦賺了一輩子的心血，想要賣掉除非他死了。

陳顯達的工作在市區，在附近租間套房，想讓陳守仁也搬過去，讓他看看住市區有多方便，偏偏陳守仁屢勸不聽，在一次大吵之後，陳顯達就沒有回舊家了。

後來，接到一通管區警察的電話，請他回一趟舊家。他這才知道，跟陳守仁大吵的那天晚上，有病的陳守仁就跌到床下一命嗚呼了。

每次，只要陳顯達回到舊家或是跟建設公司的員工談事情，就發生許多無法理解的怪事，搞的陳顯達和建設公司的員工都很駭怕。還有，每到晚昏有人經過該處，總會看到個老伯伯在門口、門外排徊……

後來，康安杰曾數次送貨到附近，經過那裡時看到建設公司開始挖拆、整地。他就想到，物換星移，腐老的必被淘汰，問題是不甘放手的陳守仁，依然會繼續守護他的心血嗎？

◆

過了段時間，每天忙碌的康安杰，已經幾乎忘記了陳守仁事件。

這天一到公司，康安杰依慣例，把貨、清單核對一下，為了時效，他很快就上路。

忙碌一天，該送的貨物、包裹、箱子，幾乎都使命必達，他檢查一下，只剩下三件。又跑了幾趟，終於送出最後一件。收下收件人的清單後，康安杰心情整個都放鬆了，而這時天色也暗濛了。

往回騎時，康安杰發現肚子有點餓了，他慢慢騎，想找家飲食攤吃個飯。

騎到一半，忽然，一張紙片隨著風勢由前方襲過來，恰巧黏貼到康安杰脖子，他放開機車把手把紙片拂掉。

機車往前開，照說紙片應該會往後吹才對，可是紙片在空中旋轉個大彎，居然變成在機車前方。被風吹襲過來，說巧不巧，紙片就停歇在機車油箱上。

這時前方紅燈亮了，康安杰停住車低頭撿起紙片，隨便看一眼準備丟了時，發現紙片竟然是一張兩吋左右的大頭照，照片上是個巧笑倩兮的女孩，長相還蠻清秀的。康安杰忍不住多看一眼，這時綠燈亮了，他把照片隨意放在機車龍頭上，繼續騎。不久，發現前面有一間小吃攤，他停下車，進去點了一碗關東煮吃。

吃完付了帳，走出店家，他牽著機車掉轉龍頭準備發動時，無意間一抬眼，看到對面公寓四樓，站了個長相清秀的女孩，正巧對上了康安杰兩眼。

康安杰倏然大愣，這女孩……好眼熟喔！

康安杰腦中思緒，很快轉了一圈。不！這裡是內湖，因為要送貨才到這裡，而且只來過三、四趟，不可能有熟悉的朋友。

忽然，女孩子露齒一笑，康安杰整個人都呆掉了，難道真的是熟識的朋友？或是朋友的朋友、朋友的姊妹之類的？

如果是這樣，若掉頭離去就很不禮貌了，康安杰遂也露出笑容，這時女孩子向他招了招手。康安杰更篤定了，搞不好真的是熟識的朋友。

他也舉起手向對方揮了揮，嘴裡忍不住張嘴，無聲地道著：拜拜。

接著，康安杰跨上機車，轉頭又望向對面四樓公寓的窗口。女孩子還在，而且還持續露著笑臉。康安杰只得又向她點個頭，才低眼準備發動機車。就在這時，眼角瞄到機車龍頭上的大頭照！

答案終於明朗了，他呼口長氣頓時猶豫起來，再投眼望向對面四樓，清秀女孩還跟他招手吶！

他喟嘆著，想說，什麼叫有緣？不就是這樣嗎？

跨下機車，他重新把機車停在妥當處，拿著照片往對面公寓而去。

按下電鈴一會兒大門就開了，他進去爬上四樓按下門鈴，沒多久門開了。

一位陌生但長相跟剛剛那位女孩有三分相似的阿姨出現了。

◆

這位阿姨姓林，她熱絡的把康安杰延進客廳落座，這才問起康安杰的姓名，找誰之類的。

「哦，我姓康，叫安杰。」

「你是小欣的同學、朋友？還是……」

依康安杰猜想，小欣應該是指方才那個女孩子吧？他搖著頭，遞出手上那張大頭照，靦腆的笑笑：

「不是，喏！我來還這張照片。」

林媽媽看到照片，神色乍變，張著口，手顫抖著，結結巴巴的問：

「你、你怎麼有這張照片？」

康安杰看她這樣，反倒被嚇到，講話也跟著結巴地敘述出方才在路上，被一陣風吹襲過來的事。

聽了這話，林媽媽哭了，哭得很傷心，康安杰既不知道怎回事，也不曉得該怎麼安慰她。

接著，林媽媽娓娓道出……原來，一個月前，就讀高二的小欣在放學途中，被一輛自用轎車酒駕撞死，因為處理一些後事，正在找這張大頭照，可是卻遍尋不著，想不到居然讓康安杰給撿到。

康安杰聽了，不禁毛骨悚然，神色非常不自然，林媽媽看到他的樣子，忍不住問：「你哪裡不舒服？」

康安杰無言地搖頭，想說既然照片都還給對方了，應該趁早閃人，他還得回公司報到。

「我以為你是小欣的同學，唉，還好你送回這張照片……」

康安杰站起身來準備辭別，林媽媽也站起來：

「抱歉，應該讓小欣向你道謝。」

「啊，不，不用，我要回公司報到。」

「騎機車呀？唉，我更要向小欣說一聲，要她保佑你平安。」

康安杰堅持要走，林媽媽只好送他出門，還不斷向康安杰道謝，要他有空可以常來。

走出林家，天色暗得更黑了，康安杰快步跑到機車旁，動作奇快地跨車、發動車，一鼓作氣地衝向前。

他心中浮上大疙瘩，一回想為何最近都遇到這種事啦？要不要去廟裡燒香拜拜，求個平安符什麼的？

「叭——」突然，後面傳來車子巨響，害他嚇一跳，龍頭一歪，差點撞上右前方一輛機車。

康安杰加快速度，車子怒吼著往前衝。衝了一大段路後他才放緩車速，慢慢騎到道路旁邊。因為他放緩車速，就有機車超越他，而超越他的所有機車，在超過他時，幾乎都轉回頭向他投以怪異眼神。起初他不以為然，後來感到機車後座好像愈騎愈重，他才不經意的瞄一眼後照鏡……

只一眼，他的心完全都亂了，因為剛剛照片上那位叫小欣的女生，正端然坐在他的車後座上。只是，她頭垂得低低地，披肩長髮，覆蓋住她整張臉，看來很恐怖。

康安杰聽到自己心臟發出「撲通！撲通！」的聲響，就在這時，又有一輛轎車由他機車旁呼嘯而過，兩車相距不到一尺，害他身上狂冒冷汗。

他把車速放到只有三十左右，他深吸口氣，默禱著：

「小欣，妳車禍死了不是我害的，請妳不要跟著我，拜託、拜託。」

默禱過三遍，他小心翼翼的偷瞄後照鏡……

唔哇！後面仍有個穿著學生服的女生坐著，只是，沒有頭！

康安杰心裡更毛了，他再次默禱著：

「拜託不要找我，不是我害死妳，改天我會去妳家上香，拜託妳不要跟著我。」

不久，道路兩旁店家開始多起來，人潮也變多了。康安杰再瞄著後照鏡，女鬼已經不見了。

回到公司，老闆問他今天工作量少很多，怎麼這麼晚回公司？康安杰將方才的經歷說出來，一面說的同時，方小姐也靠近來聽。

康安杰說完後，老闆看看他的氣色正要開口，一旁的方小姐神色異常，突兀的開口：「小康，我看啊是你跑去哪溜達了，回來編的一番說詞吧？」

「哪有！我說的都是真的。」

「可是，剛剛你回來，機車停住時我看到……」

「看到什麼？」康安杰急急問道。

老闆極有興味的望著方小姐，等她說。

「我看到你機車後座上，有個女生跳下車，我還以為是你女朋友呢。」

「她長怎樣？」

「我沒看到她的臉，但她穿著學校制服，念高中的。」

康安杰嚇壞了，臉色慘白的轉問老闆，女鬼都追到公司來了他該怎麼辦。老闆畢竟事情看的多，懂些邪門怪事，他想了想，建議康安杰回去後直接到廟裡拜拜求個平安符比較保險。

康安杰聽了，當天就到廟裡拜拜求個平安符掛在身上。

可是，連接著幾天，小欣女鬼還是纏著他，有時出現在機車後座，有時出現在康安杰住家外面徘徊，始終不肯離開。

康安杰再去求助廟裡的師父，師父叫康安杰再走一趟林家，把經過告訴林媽媽，然後向小欣祭拜。在林媽媽出面向小欣勸告之後，這件事才總算平定下來。

第四章

陰煞

寒假快到了，同學們興高彩烈地討論著，有的準備出國、有的準備補習、有的準備到南部遊樂園打工。

洪松菲、李彥君是同班麻吉，當然免不了互相關心一下，也討論起寒假想做什麼。

李彥君搖頭：「我打算把上學期的數學加強一下。」

「唷——看不出來，你這麼用功？」

「我期末考可是低空掠過，不加強的話，下學期恐怕很難過關。」

「好啦！看你這樣，我也乖乖在家複習嘍。本來想約你去南部走走，我看算了。」

學校放假了，李彥君搬出一年級上下冊、二年級上冊，煞有介事地規畫著。

一天晚飯後，李爸爸接到一通電話，掛斷電話後，看著在喝湯的李彥君。

李彥君還是喝著湯，沒理睬他爸，好一會兒，李爸開口問：

「想不想打工？」

李彥君雙肩一聳，看一眼李爸不置可否。到了晚上九點左右，有人來敲門。是李彥君遠房表叔——李永山。

李彥君皺起眉頭，因為李永山的工作，可算屬於高階收入，只是他的工作……讓李彥君不敢恭維。

來找爸爸，又是為了何事？李彥君心中浮起疑惑。

李媽泡上一壺茶，李永山和李爸、李媽閒聊幾句，話題又轉入他的工作。

李永山一面談，一面有意無意地瞄著落坐在角落的李彥君。

李永山在禮儀公司上班，最喜歡談起早期由老一輩同事口中聽來的工作經歷。

據說，一位姓劉的同事，大家都叫他老劉，職責是監控火葬場。幾十年前，不是用電子焚化，工作人員必須隨時注意、察看焚化爐內的狀況。

老劉第一次上工，把喪家送來的大體推入焚化爐，他的心情五味雜陳，說不出到底是害怕還是怎樣的，總之，就是微微不安加上戰戰兢兢。

大體送進焚化爐，過了大約十多分鐘，老劉準備打開門，巡視一下焚化爐內，忽然，裡面傳出一聲巨響「砰！」

老劉嚇一大跳，裡面大體不可能會動，怎麼會有聲音？難道是大體復活了？

但焚化爐已經啟動了，而且過了十幾分鐘，那該怎辦才好？

老劉原想不理睬這聲音，可是職責所在，一切得照程序來。

幾度調整呼吸，老劉伸出戴著厚手套的手，不由自主的顫慄不已，他屏息靜氣，鼓起勇氣，攀上焚化爐門把，打開一看……

哇！呀——

裡面大體居然坐起來，但因為裡面狹窄的空間，使它的頭碰撞到頂上的鐵爐，導致它的頭，歪斜一邊。

老劉清楚的看到大體，因為頭部歪斜，使整張臉都扭曲、歪成一邊，變成一副猙獰樣貌：歪鼻、暴牙、張著另一邊的眼。

老劉雙眼對上了它瞪大的斜眼，這一嚇，把什麼程序、職責全拋諸腦後，他當下轉身就跑。

跑到通往外面的門，恰巧門打開來，老劉撞上要進來的一位資深工作人員。這位資深工作人員就是不放心老劉這個生手，想說進來查看一下。

老劉駭異著青栗臉龐，道出所見，正談著時，身後又傳來「碰！」一聲，老劉整個人狂跳起來，猛抱住這位資深人員。不誇張，老劉當場嚇得屁滾尿流，淚水狂飆。

李彥君也聽得入神了，他炯炯有神的雙眼，看著李永山。李媽也一臉專注的等李承山下文。

資深人員解釋說，原來大體經過燃燒，全身神經、脈絡會因火而緊縮，所以會讓大體坐起來。那第二次的聲響，是因為大體又摔躺回去。

據這位資深人員說，他接這職位焚化大體時，焚化爐內常會發出大小不一的聲音，久了見怪不怪，沒什麼。

李彥君和李爸、李媽全都緩了口氣。

「其實，有些事情明瞭了，知道緣故，就沒什麼好怕了。」李承山看著李彥君。

「耶，你做那久，有沒有遇到什麼奇怪的事情？」李爸好奇的問。

「唔……我倒沒有遇到過什麼怪事。」李承山想著，搖搖頭。

「可能你命比較硬，那些東西不敢侵擾你。」李媽以宿命論說。

「也不能這麼說，我始終以尊敬亡者的心態，替它們辦事，如果真的有所謂靈魂，它們應該可以感受到我的敬意，互相尊敬嘛，這不就沒事了。人呀，終歸一死，誰能避免？又有什麼可怕的？」

李爸和李媽皆有同感的點頭。

「還有，我覺得踏入這一途之後，好像各方面都蠻順利的，我是不迷信啦，但我想或許因為替亡者服務，多少受到它們的庇蔭吧。」

好像有道理，李爸和李媽不置可否的笑了。

李承山忽地轉向李彥君：

「彥君放寒假了吧？」

李彥君點頭，故事聽完了，收回眼，他起身準備回房。

「等一下。」

李彥君重又落座，只聽李承山道：

「想不想打工？我們公司最近很忙，想徵臨時工來幫忙，問你要不要去？」

唉唷，這可是一大考驗，李彥君一回想，終於明白了剛剛爸爸也問過他，原來是……

李彥君馬上搖頭拒絕，李爸笑著，向李承山道：

「我剛跟你說過了，他不可能去的啦。」

「為什麼？」李彥君皺緊濃眉，非常意外地揚聲反問。

「沒有為什麼，別說你，你媽第一個反對，」李爸轉向妻子：「沒有接觸過這種工作，你一定無法適應，何況你不是要加強數學？」

李媽點頭，接口道：

「嗯，才高中生，還是課業重要，誰肯讓自己小孩擔風險？」

「哪來風險？想太多，這個工作只是打雜跑腿，幫忙布置會場，很簡單。我保證一天起碼有四、五千塊以上，還不包括小費、津貼等。」李承山笑了：「我是想說肥水不落外人田，我們裡面還沒公佈要徵臨時員工，要不然好幾位同事的朋友、親戚早就搶破頭了。」

李彥君轉望李媽，眼神游移間，已經透露出他的心事了。

李承山和李爸又繼續閒聊起來。

李彥君心裡盤算著，他同學曾提起，找到速食店、飲料店、餐廳的臨時工，計時酬勞，上限絕不超過三百塊，那……

聊了一陣，李承山起身要告辭，李彥君突然開口：

「叔叔，什麼時候上班？」

李承山一愣，瞬即笑了：

「公司很急。」

「嗯，」李彥君點頭：「後天可以嗎，幾點報到？」

◆

工作果然沒有想像中的繁雜、粗重、可怕。這天，李彥君被派去幫忙布置會場，他搬動著花卉時，聞到一股花的清香味，心情大好。

想到他跟李承山約定要來打工時，爸媽居然跟他溝通了將近一個鐘頭。不過既然決定了，他就不會更改，想到鈔票在等著他，他真的迫不及待的希望快點上工。

把花搬到會場門口放下後，李彥君抹掉額頭汗水，一轉眼看到正對面靈堂的右邊角落站了一位老伯伯，他蓄著花白鬍子，臉色有點慘灰，表情好像哀傷又憤恨不平的鎖緊慘白眉心。

李彥君低頭看一眼腕錶，才八點多，記得負責這場公祭的周漢恩說，今天的公祭是九點開始，那位老伯伯不像是裡面的工作人員，應該是來參拜的，不過他好像太早來了吧？

李彥君再抬起頭來時，老伯伯不見了……

還不到九點，喪家已經陸續到達，聽說亡者是一間公司的大老闆，蠻有錢的。

李彥君佈置靈桌上的香案、水果，聽到忽然提高的聲浪傳來，而且聽得出來是在謾罵。

李彥君回頭望去，是喪家家屬，壁壘分明的分成兩邊，分別是兩個上了年紀的女人正怒目以對。

從兩個女人大、小聲的謾罵中，讓人明白，原來她們是亡者的妻子和小妾，爭吵內容無非是財產分得不公平。其餘兩邊的男男女女，應該就是妻子和小妾的兒女，雖然都沒有出聲，不過雙方都睜圓眼睛互相瞪住對方，眼中似乎正燃起熊熊怒火。

不久，大門走進一位老者，老者上前，出聲制止兩個女人，雙方這才鳴金收兵。

李彥君整理好靈桌，退下去時，又看到方才那名老伯伯，一樣站在原來的右邊角落位置，他花白雙眉深鎖，臉上表情顯得更哀傷。

「小李，過來一下。」是周漢恩。

李彥君連忙依言走向周漢恩面前，周漢恩遞出一張加了黑色邊框的放大照片，抱怨的說：

「搞什麼？現在才送過來，差點誤了時辰，喏，趕快把這個放到靈桌上。」

李彥君接過來，入目之下，他整個人都懵了。

相框上的照片，赫然是站在角落邊的那位老伯伯！

李彥君目瞪口呆得好久、好久……接著，他像卡通人物般，僵硬的一動、一頓，慢慢轉望向角落。

呃呀！那個老伯伯依舊站在角落……

忽然，老伯伯收回盯住兩個女人的眼睛，它眼睛黯淡，沒有生機，像畫紙上被塗上的黑色顏料，黑得死沉沉、黑得宛如無底洞。

它倏地轉望向李彥君。

「小李！」

冷不妨之下，肩膀驀地被用力一拍，把李彥君的膽子都拍散了，是周漢恩。

他勉強壓低聲音，幾乎附在李彥君耳邊：

「幹嘛發呆？公祭時間都耽誤了，還不快點把照片放上靈桌去。」

李彥君可以感覺到，全身寒冽冽地，腳步也是僵硬得跨不開，他知道千萬不要看著角落，偏偏是眼睛不聽控，無法自主地總要投射到角落去；好像是那個老伯伯身上有吸力，強烈吸住李彥君的雙睛，也強烈的吸住李彥君的神魂。

◆

靈堂被淺黃色大布帘隔成內、外兩邊。前面是靈堂，布帘後則是後台，沒有分隔的後台，放眼望去，既寬廣又長，長長的後台，依序擺著七副棺材。

因為今天有七場喪家準備要出殯、焚化大體，在前面邊的靈堂，舉行超薦或祭拜儀式過後﹝依各人信仰的宗教而不同﹞，便於喪家子孫弔念亡者，見最後一面，七具棺材蓋都是打開著，亡者大體閉著眼，靜靜的躺在棺材裡。

糊塗了的李彥君，回過神時，發現自己站在會場的後台。

他站在一副棺材的尾端，棺材前頭也站了個人，放眼望去，赫！棺材頭彼端，站的是剛才那位老伯伯。不，它不是站，它是浮在棺材頭部的上方……

李彥君看對方一眼，又轉眼往下望，沒錯呀，棺材裡面躺著的，正是老伯伯它本人的大體。

李彥君整個胸膛，佈滿駭異細胞，他不知道為什麼自己會出現在這裡，還會站在這裡？

浮起的一股意念，強烈驅使他，趕快離開！只是，他整個人已經不是自己所能控制的了，冷汗由他頭頂、額頭，彎延順腮而下……

忽然，右邊陸陸續續的冒出數股煙霧，吸引了李彥君的眼光，他轉頭看去，赫！右邊有六具棺木，六股煙霧，正是從棺木頭彼端徐徐冒出來。

那情狀，只能形容說，打開的棺材，一個個生出一股、又一股的煙霧，煙霧冒起跟一般人高的時候，奄然化為人形。

六個人形，有男、有女、有老、有少，臉容有的呈慘白、有的墨綠、有的腥紅；儘管樣貌不盡相同，單一共同點，就是它們都猙獰、凶戾、歪橫。

因為它們都呈現出死亡前一刻的死狀，不知道它們到底是死得不甘心？還是對世間尚有許多留戀？或是還有很多想交代的碎事，來不及道出？因此，這群亡靈周遭，釋放出冰寒凍氣，不斷的散發出來。

棺材彼端的老伯伯，徐徐往前向李彥君迫近而來。它嘴巴依舊緊閉著，但李彥君收到它發出的訊息，它拜託他向靈堂前方，爭論不休的親眷，說出它的心底話。

忽然間，另外那六股亡靈，『轟！』地，一起衝過來撲向李彥君，因為陰氣過於猛烈，導致周遭陰風慘慘。

儘管李彥君是年輕人，血氣方剛，卻無法敵得過這幾縷亡靈，他張口結舌，想開口、想喊救命，卻始終喊不出聲。他感到自己身軀被無數看不見的寒繩撕裂般，痛楚不堪。

忍耐是有限度的，忍到無可忍時，李彥君由心底丹田中，衝出一聲狂喊。負責會場的周漢恩，聽到後台發出淒厲喊聲，他連忙奔進後台，乍然看到李彥君，他嚇了一大跳。

橫眉怒目的李彥君，除了身上衣服蓋住以外，所有露出來的肢體、頭、頸，居然全都是青栗色。

處理陰事這行業有段時日，經驗豐富的周漢恩明白，李彥君被陰氣煞到，而且還是最複雜的陰煞。

「我的天啊，你、你怎麼會跑到這裡？」

周漢恩瞄了一眼排列著的棺材，竟也忍不住渾身發顫，他知道不能碰觸到李彥君青栗色的皮膚，他體格壯碩，伸手將瘦弱的李彥君上胸圈圍住，慌措地就要往外拉。

李彥君頭一甩、身軀一抖，居然就讓周漢恩雙手滑掉，雙睛怒瞪著周漢恩，聲音全都變調了的說：

「叫、叫他們都……進來。」

周漢恩臉都綠了，眼前的分明不是乖巧的李彥君，活脫脫的是另外一個陌生人。

「啊？誰？叫誰進來？」

「我靈堂前……的人，快！」

周漢恩點著頭，急忙折身跑出去，不一會兒，靈堂前的兩方人馬，全都齊集到老伯棺材左右。

看到青栗色的李彥君，都露出驚訝眼神。李彥君怒瞪大的，類似鬼眼瞪回去，蒼老嘎聲怒不可遏地：

「明珠、素花，妳們兩個很不爭氣。」

為首的身穿黑衣的兩個上了年紀的女人，俱都驚恐瞪圓眼，退了一大步。

她們正是亡靈老伯的妻子，就是剛剛在靈堂前，為了財產而謾罵。另外幾位兒女，也認得出老伯生前的聲音。

亡靈先是教訓了家屬一番，繼而侃侃而談，道出他分發財產的內容，有他諸多考量，希望以後不意在為家產起紛爭，還拜託這群家屬讓他走的安心。

有幾位家屬朝著棺材跪了下去。周漢恩看的出來，雖然是自己至親的丈夫、爸爸的亡靈，可是這一群人，對亡靈卻相當害怕。

在亡靈面前唯唯喏喏地，如果不是亡靈生前很有威嚴，就是陰陽兩隔的關係吧。

話畢，忽然李彥君咕咚一聲，直挺挺的往後倒下去。

那幾位家屬兒女，俱都駭異的退避開。

◆

老伯伯的後事，還是得繼續完成，這且不提，只說李彥君被周漢恩抱回休息處，馬上叫救護車，將他送去醫院急診處。

李彥君幽惚間醒過來，竟忘卻了身在何處。

「彥君、彥君，你醒過來了？」李媽急忙轉頭呼喚李爸，坐在牆邊的李爸，跳起來，馬上去按床頭上的喚人鈴。

一會兒，醫生和兩名護士，急匆匆的趕進病房，開始一連串的檢查、詢問，李彥君都茫茫然，答非所問。

李媽驚駭的直問醫生，她兒子怎了？

據醫生的說法，李彥君屬於暫時性的記憶忘失症，因為之前做過許多檢查，像腦波掃描、全身X光檢查，都找不到毛病。

「那怎麼辦啦？醫生，拜託您救救我兒子。」李媽掉下淚，哭了。

「觀察幾天再說，他並沒有其他病症，腦部也正常，有可能會慢慢恢復記憶，不能急。」

後來，經過李媽悉心照料，李彥君果然很快就恢復正常。事後聽李彥君說，他表叔和周漢恩幫忙很多，因為他常在禮儀公司當班知道對症下藥……總之李彥君出院後，李媽堅持不肯讓他再去打工，他只好安分在家裡看他的書。

◆

洪松菲 Line 李彥君，聽到他在家，非常訝異，問他不是在打工嗎？

提起打工的事，李彥君打上一行字：一言難盡。

洪松菲一看，興趣來了，馬上 Line 過來：那就當面談吧，可以嗎？

不到半個鐘頭，洪松菲已出現在李宅。

兩個麻吉立刻聊了起來。洪松菲聽了，揚起眉梢，勇氣十足地：

「你表叔公司還缺人嗎？幫我問問看，我想去打工賺點學費。」

「你……聽到我遇到這樣的事，你不怕？」李彥君訝然反問。

洪松菲拉開衣領，掏出一枚護身符。他常去住家附近的一間寺廟，廟祝跟他很熟，曾送他這枚加持過的護身符。

李彥君很快就跟表叔李永山聯絡，這陣子時值過年，工作特別忙碌（亡者特別多），公司還蠻缺人，李永山欣然要洪松菲趕快去報到。

就這樣，洪松菲很快就加入公司行列。

工作內容，大抵跟李彥君之前的一樣，不過由於洪松菲人高馬大，加上他很勤快，周漢恩有時就會派他多做些份外的事情。

明天是適合出殯的好日子，周漢恩電話接不完，足足有十多堂佛事，周漢恩提早準備，想說先布置出半數，明天才不至於亂了手腳。當然，洪松菲也跟著忙翻了，好在他身強體壯。

忙到晚飯都忘了吃，等工作告個段落，已經是晚上八點多了。洪松菲正打算收工，周漢恩提著兩個便當進來，遞一個給洪松菲。

「呀，我正準備回家路上再吃晚餐。」

「這樣呀？你回家有重要事嗎？」

「就看看書。」

「要不要加班？有加班費和餐費。」周漢恩指著便當：「這個不算，是我請你吃的。今晚的餐費會跟加班費一起算。」

「好！」洪松菲想也不想的，滿口答應了，有錢賺，誰會往外推啦！

原來七點多時周漢恩接到電話，說臨時有兩具車禍大體要清洗，清洗大體的人員忙不過來，如果找不到幫手，他們可能要徹夜通宵了。

聽到這消息，洪松菲有點忐忑，問周漢恩只有他一個人加班？

「還有我呀，兩具，我們兩各清洗一具，才可以節省時間，已經這麼晚了，快，趕快吃晚餐吧。」

用餐時，周漢恩當面授課，他說車禍亡故的大體，有時候很不好清洗，得看車禍狀況。說到一半時，坐在面向休息室門口的洪松菲，忽然看到門口地上，出現一道人影。

這道人影只有下半身，就只有兩條腿的腿影映在地上。

洪松菲隨意溜一眼，也不在意，以為是其他員工，就繼續聽周漢恩的課。

周漢恩說完，在喝熱湯時，洪松菲發現那道腿影依舊停頓在門外地上。

也就是說，有人站在門口外的左面一直沒進來休息室，洪松菲不免感到奇怪，那是誰？怎麼會躲在門外那麼久不進來？在搞什麼？

不會是在偷聽周漢恩說話吧？但這有什麼好偷聽的？又不是在談情！想到這裡，洪松菲不自覺笑了。

「笑什麼？」周漢恩放下湯杯。

「呀！沒、沒有。」

周漢恩放低聲音，慎重的說：「你忘了我交代過的？下午過後，最好不要亂笑、亂講話，更不要分神，做事要專心、誠心比較好。」

洪松菲口中稱是，並收斂起心，勤快的收起餐盒，周漢恩起身去倒水喝。

垃圾桶在外面，洪松菲看到門口兩道腿影還在，他升起一探究竟的心，拿著垃圾往外走。

門口到門外，大約只有五、六步距離，一面走，洪松菲還是盯著地上，看到兩道腿影動起來，往門左邊慢慢走過去。

就像有人邁開腿在走路，洪松菲更好奇了，人走路時，腿影會跟著移動，但是，這會兒看起來，腿影不是跟著人腿移動，是它自己獨立式的在走動……

跨出門外，洪松菲手中垃圾掉在地上，他整個人僵硬住了！

沒有人，完全沒有人，外面也沒有燈，可是。地上兩條腿影，依舊清晰的映在地上！

這時，腿影停住了，洪松菲更清楚看到，左腿腿影的腳踝斷了，好像只有皮連接著，腳踝和小腿歪扭成九十度。

◆

周漢恩喊了幾次，總算把洪松菲的魂給喊醒過來，他臉色蒼白的抽身，踉蹌著步伐，退回休息室。

「怎麼？你臉色不對勁，不舒服嗎？」

「那、那、那裡……」洪松菲結巴的說看到門外有兩條黑色腿影。

周漢恩走出門查看，什麼都沒有。洪松菲小心翼翼地跟出去看，真的，腿影不見了。

周漢恩什麼都沒說，只說：「趕快去工作吧，不然時間愈拖愈晚。」

清洗室是磚石砌成的大水槽，長約兩百公分，高一百多公分，邊還有個淺澤，長兩百公分，高只有十多公分。

周漢恩跟一名清洗員工談了幾句，這位員工說他下午一點開始工作，除了晚餐半個鐘頭以外，直到現在都沒有休息。

「你可以休息了，接下來留給我們吧。」周漢恩道：「看，今晚有這位打工弟弟幫忙。」

「喔，太好了。」這位員工看著洪松菲，牽動雙頰：「你是第一次吧？」

洪松菲點頭，沒有出聲，他有點震攝於現場，尤其是那個紅通通的大水槽，裡面那具人體，讓他心中忐忑不已。

員工手腳麻利的完成工作，消毒著雙手，就下班了。

周漢恩放滿另個大水槽的水，示意洪松菲跟他到最裡面，靠牆的冰櫃內，打開兩個冰櫃門，一男、一女，因為等著清洗，所以暫時存放並未裝入屍袋。

兩具大體，就像肉類冷凍般渾身慘白，死白臉容上除了細碎冰霜，看來就像熟睡了的人隨時都會睜開雙睛，只是它們的身體，因為車禍，四肢、身軀殘破不堪。

看到另一具女大體，洪松菲不覺低喊出聲：「呃！」

女子頸脖歪向另一邊，肢體臉扭曲變形，可以想見車禍當場，過度驚惶，使它瞠目結舌，因而雙眼撐開到幾乎目眦盡裂。

周漢恩過來，口中念念有詞，伸出手把女子雙眼撫閉上，跟洪松菲一起小心、合力的搬出大體。

女子大體的腳踝和小腿歪扭成九十度，原來它腳踝斷了，只有一層薄皮勉強連接住……洪松菲的視神經，傳導到腦部，腦部因轟懵讓他整個渾噩了。

◆

洪松菲完全忘記究竟怎麼清洗大體，怎麼完工，又怎麼回到家。只記得周漢恩一個指令，他就一個動作，腦中細胞持續接受著周漢恩的聲波，忽然聲音變了，變成女鬼哀嚎聲音，它一直喊痛，一直怨訴著它不想死，它還有很多事沒有辦好，它恨！恨！恨！恨！

洪松菲突兀的睜開眼睛，發現原來躺在自己床上，但怎麼耳朵還聽到女子幽泣聲音？

他循聲轉眼望去，天呀！床邊站了個女鬼，臉孔猙獰歪斜，它沒有小腿，齊膝以下空的，眼角掃到一個晃動著的東西，他轉眸望向床尾，床尾有一雙黑色腿影，正努力、費勁的想攀上他蓋著的棉被。

「呀——不要——」

狂吼聲中，洪松菲掀開棉被，反手蓋住黑色腿影，要知道，這時候正是臘月天，臺灣氣候雖然不至於下雪，卻也夠寒冽了，但他卻渾身冒冷汗。

女鬼逼近而來同時伸出手，它一隻下手臂斷成兩截，所以應該是兩段的手臂，呈三段式往下垂吊著，眼看就要逼近了，洪松菲驚惶地躲向床尾，詎料黑色腿影不知道何時鑽出棉被，登上棉被頭。

他急忙轉個方向，由床中間竄出去，跌倒在地。這時他胸口那枚護身符掉出來，他粗暴地扯下護身符轉身，此時女子也跟著轉身，朝他而來。

他高舉護身符企圖阻擋女鬼，誰知道女鬼不怕，還持續逼近。

洪松菲慌措爬起，奪門而出，女鬼居然也追出來。洪松菲只得衝出大門，一路狂奔向附近的寺廟，猛力敲著廟門並回頭看。

哇呀！女鬼雖然沒有下肢，但它卻如正常人一樣，身軀一高、一顛的追過來。眼看女鬼就要抓到他的背脊，廟門陡然一開，他摔跌進去，終於解危了……

◆

原來，廟祝當晚忽然心緒不寧，感到會出事，他剛巧打開廟門查看，詎料卻解了洪松菲厄難。

事後聽廟祝說，那時他也看到女鬼被阻擋在廟門外。至於護身符，不是沒有功效，一是女鬼抱怨橫死，又剛亡故，靈波特別強烈。二是洪松菲的心整個讓女鬼盤據住。

就因為這樣，看到女鬼、被女鬼追，這強烈的畏懼感，都是由洪松菲內心中衍生出來，所以他爸媽家人，全都沒感覺，也不知道他半夜遇鬼逃難。曾聽有些人會遇到鬼，但有些人就看不到，這正是所謂：『相由心生。』

洪松菲再也不敢去打工，可是每當過午洪松菲出門時，女鬼還是會出現，他只好再去祈求廟祝。

廟祝指點洪松菲，心不可執著看到的物事，就算看到邪惡、猙獰的鬼魅，你當下最好趕快念佛，讓自己的心安寧下來，切莫被鬼魅牽引了。接著，廟祝又送洪松菲一枚特別加持過的護身符，據廟祝說他誦了七七四十九遍的『大悲咒』，又加誦了七遍的『大明神咒』。

果然，一天黃昏，洪松菲出門，女鬼又出現，但當它趴近洪松菲時像被一道光芒刺到般驀然往後摔退，消散在空中從此不見了。

第五章 欠債必還

郭怡芬是單親媽媽，獨力扶養少根筋的兒子黃建國。她雖然識字不多，但個性強悍，為了一家生計，每天都得摸黑起早，在昆明街口租了一間店面，經營早餐店。

時值寒冬，她依照慣例，清晨四點多就起床準備，平常她都把鐵門拉上一半，等完全準備好了，才拉開鐵門開始營業。

「喀……喀……」

應該是老客戶吧，她這樣想著，便朝外揚聲道：

「不好意思，還沒開始喔。」

然後，她繼續忙。不到十分鐘，又傳來「喀……喀……」的聲音。

「我說了，還沒開始，抱歉，請晚點再來。」

一面說，郭怡芬手中沒停，繼續忙碌著。過了幾分鐘，又傳來喀喀聲，她的耐心終究有限，她彎著腰，探出頭左右看看，咦？沒看到半個人，但是剛才的喀喀聲，很像是有人敲她鐵門呢。

縮回頭，她繼續忙。可能天氣太冷了，她覺得今天時間好像慢了一點，轉眼看一眼牆上的鐘，還不到五點，外面的天色都還陰沉沉。

到底是誰，這麼早來敲門？等她快準備好了時，又傳來喀喀聲響，這會兒她真的很不高興，大聲喊著：

「還沒好啦，等不及的話，去找別家啦！」

經營早餐店那麼多年，從來不曾遇到過被客人催促開門，今天是怎回事？這樣喊著，胸口鬱悶之氣好像消除不少，她這才手腳俐落的加快速度。

五點半，她準備拉開鐵門，就在這時又聽到「喀……喀……」一聲。

郭怡芬停住手，看著門外，都沒有人，拉一半的鐵門也被她握緊在手中，為什麼還有敲門聲音傳來？

停頓一會兒，她才把鐵門整個往上推，接著她跑出外面，左右查看，完全不見半個人影。

「我耳朵有毛病嗎？還是神經有問題？」低聲碎碎念著，郭怡芬轉回店內。忽然有一陣不太尋常的腳步聲傳來，接著說：

「好了沒？」

一個幽忽、低沉的嗓音乍起，聲調雖然不高但傳入耳裡，郭怡芬立刻渾身起了雞皮疙瘩還打個寒顫。

她向來不是膽小之輩，不料，一個區區嗓聲，竟讓她起這樣的反應？

她歸咎於天氣太冷了，不過她動作很快，立刻轉過身。面前一個瘦弱、蒼老、病懨懨的老者，站在店門口前。

郭怡芬堆上笑臉，揚聲道：

「怎麼是你？王先生喔，這麼早？」

王先生名叫王克昌，是郭怡芬的房東，就住在樓上，有時會光顧郭怡芬的早餐店。

既然是熟人，郭怡芬完全撤掉心防，她步履輕快的轉進攤位裡面，再回身站在兩台呎寬的大煎盤前，突然發現王克昌不見了。

就在這時，颼來一陣冬季寒風，郭怡芬拱起肩膀。

「怎回事？走了嗎？也沒說一聲，好奇怪。」

碎唸著的郭怡芬探頭望左邊，沒有人影。

往樓上的大鐵門在左邊，郭怡芬右轉，和一位熟客對上眼，她輕快地向熟客道早安，這位熟客也回應一聲早安。

◆

既然有客人上門，郭怡芬這就忙碌起來。

第五章

欠債必還

次日清晨四點，郭怡芬照往例，起床、備料，五點半準備妥當，拉上鐵門準備開始一天的奮戰。

忽然，肚子好痛，她想可能是昨晚外食吃壞腸胃。實在是痛得不得了，她跑到後面，敲開兒子黃建國房門，拜託他快點起來，幫忙暫代一下店面。

平常黃建國睡得比較晚，八點起床他會幫忙招呼、倒飲料給客人，今早這一大早，又值寒天，他更爬不起來。郭怡芬喊了好幾聲，他才慢吞吞下床、穿衣。

由於不放心，郭怡芬上完廁所，很快就由後面廁所出來，在通道上，遠遠的，她就看到房東王克昌站在店門口，她含笑打聲招呼，還問王克昌，想吃什麼。

原本在店內打瞌睡的黃建國，聽到郭怡芬談話聲音，抬起頭，睜開瞇瞇眼，皺眉大聲道：

「媽，妳神經喔？跟誰講話啦！」

郭怡芬轉瞪著黃建國，大聲訓斥兒子幾句，再回頭想道歉時，店門口的王克昌已離開了。

「你這孩子真不懂事，王先生就在店門口，你沒看到嗎？也不會跟人打聲招呼。」

黃建國矢口否認店門口有人，兩母子爭論間，有客人來，郭怡芬凶巴巴的叫兒子進去睡覺，還咕噥著說這孩子真糟糕。

兒子應該不至於不認識房東，已經三十多歲了，真是不懂禮貌。

應付過一攤上班族客人後，已經八點多，黃建國慢慢的走出來。郭怡芬氣又浮上來，忍不住又訓斥兒子幾句。

「做生意很不容易，要有禮貌，懂得招呼客人，你懂不懂？」

「唉唷，明明就沒有人，妳叫我招呼誰啦？」

郭怡芬也知道兒子少根筋，剛好客人又來，她懶得再說他，自顧忙碌起來。

忙碌的早餐生意，又過了一天。

◆

這天，應該算是看到房東王克昌的第三天，郭怡芬跟平常一樣，清晨就開始忙，忙到早上快九點左右，客人比較稀疏，只剩一位熟客，名叫阿琴。

黃建國坐在角落，倒了杯飲料，自顧喝著。郭怡芬站在大煎盤後方，跟阿琴閒談著。

忽然，一個上了年紀的女人，急匆匆經過店門，然後又倒退著，站在店門口。

郭怡芬轉眼一看，是房東王太太，她熱絡的出聲打招呼，問她這麼早去哪？

「我剛回來。」王太太臉色暗沉，聲調很低，又氣無力地回：「回來拿衣服。」

「要出去玩嗎？咦，王太太，妳臉色不太好？是不是沒睡好？」郭怡芬看一眼她手中的提包，不像要出去玩的樣子。

「哪是，已經兩天沒睡好了，累得受不了。」

接著，王太太說大前天，也就是三天前的晚上，她先生王克昌突然昏迷，她忙打一一九叫救護車送到醫院……

郭怡芬回想，通常她晚上很早睡，記得大前天晚上，將睡未睡時，隱約聽到救護車聲音。

「是十點多左右吧？」

王太太點頭，露出憂慮臉色。

都是鄰居，阿琴也認識王太太，動容地起身上前，詢問王克昌什麼病。

「還不知道，克昌之前有腸胃問題，可是也不至於會昏迷不醒，等醫生檢驗出來才知道。」

大前天？郭怡芬攏聚著眉頭，不解地問：

「王先生……一直在醫院裡？」

王太太點頭，三天來王克昌昏迷不醒，都待在加護病房內，她也守護著，不敢離開半步，今天是抽空特地回家拿換洗衣物。說完，王太太匆匆上樓去。

◆

阿琴回座，繼續吃她的早餐，應該算是早午餐了，這是她的習慣，兒子、孫子都大了，她也將近七十歲，一個人過的悠哉悠哉，平常就喜歡串門子，她怪道：

「奇怪，怎麼說病就病倒了？還昏迷，這很嚴重了啊。」

郭怡芬低眼自顧想著心事，沒注意聽。阿琴叫了她三次，她才轉眼看著阿琴。

「我說，昏迷了很嚴重吶，到底什麼病？應該不是腸胃的問題吧？」

「喔，」郭怡芬若有所思的說：「之前我就聽王太太提起，王先生腸胃病有很多年了，聽說有便血的現象。」

阿琴點頭：

「年紀大了，可能還有其他老人病也說不定啦。」

郭怡芬點頭，沒有接話。

阿琴看飲料喝光了，反正回家也沒事，她把空杯遞給黃建國：

「再給我一杯飲料，謝謝。」

「妳今天不必買菜？」

「要喔，今晚我孫子要來看我，待會我得去買個雞腿。」阿琴吞下最後一口三明治：「我說，阿芬啊，妳今天怪怪的。」

「哪會，還不是一樣……」

說著，郭怡芬自己也倒杯飲料，還加了冰塊，阿琴看了，更訝異：

「還說一樣？妳從來不喝冰的，不是嗎？」

郭怡芬沒應聲，咕嚕灌下一大口冰飲料。

阿琴接過黃建國的飲料，雙眼盯著郭怡芬，撇著嘴：

「唉，分明就是有心事。說吧，講出來會好一點。」

郭怡芬眨巴著眼，又喝一小口冰飲料，低聲道：

「嗯，我遇到奇怪的事。」

「啊？」阿琴饒有興味的微微俯近前，眼神專注望著郭怡芬。

「前兩天早上，我早起備料時……」

郭怡芬開始說起，一連兩天清晨，王克昌出現在她店門口的事。阿琴聽得一愣一愣的，聽完她也浮起疑問：

「剛才王太太說了，前兩天她都陪王先生在醫院的加護病房，不是嗎？」

「所以，我就想不通嘛，真的是我看錯了？我眼睛沒壞到這麼嚴重，好不好。」

一旁的黃建國搭腔道：

「我就說，我媽看錯了，她還罵了我一頓。」

阿琴轉向黃建國：

「你也在店裡？你沒看到王先生？」

黃建國點頭。

郭怡芬看兒子一眼，又轉向阿琴：

「這到底是怎回事？我發誓，絕沒有看錯。」

「我聽說過，人死時神魂會離開身體到處飄。」阿琴畢竟年紀較大，見識廣：

「不過，我老公去世時我完全沒看到他魂魄回來家裡。」

「可是，剛剛王太太也說了，王先生是昏迷，不是……」『死了』兩個字，郭怡芬硬是把給吞回肚子裡去，沒說出來。

阿琴喝了口飲料，沉思不語。

「吶，是不是王先生快死了？」黃建國心直口快的道。

「呸、呸、呸，小孩子有口無心。」阿琴說著，忙接口道，

郭怡芬看一眼兒子，轉開話頭：

「呀，說起這個，我才想起來，上個禮拜王先生來吃早餐，吃到一半說他肚子很痛，是不是那時候他就不舒服了？」

「誰知道。」

阿琴說著，喝下最後一口飲料，說她孫子今天要來，她起身去菜市場。

◆

次日清晨，郭怡芬在備料時，總有意無意的掃著店門口外。

但還好，平安渡過。不過，因為分心，她的工作延誤不少時間，前置工作都完全時，已晚了將近半個小時。

她蹲下身，拉著鐵門欲往上推時，鐵門底下乍然出現一雙腳。

「哇呀——」叫一聲，郭怡芬整個人都往後仰倒在地上，鐵門驟然往下掉……

仰倒在地，郭怡芬翹起雙腿，小腿伸在鐵門下，如果鐵門掉下來，肯定會壓傷她的小腿。

往下掉的鐵門速度蠻快的，不到幾秒間，它已經下掉到距離地上只有二十多公分的地方，郭怡芬眼看自己的小腿差點被壓到，她心臟突跳得快躍出口腔，卻動彈不得，更遑論解救自己小腿了。

突然，一雙枯瘦、佈滿皺紋、血管老人的手，及時接住鐵門，鐵門嘎然停住了。眼看驚險的解危了，郭怡芬喘著大氣，慌忙縮回雙腿，正想出聲道謝之際，鐵門倏然『唰！』一聲，接著發出『砰！』然巨響。

原來，鐵門往下掉到地上了！

見狀，郭怡芬嚇出一身冷汗，她搞不清楚了，那雙手，救了她的那雙手是誰？

既然救了她，為何還讓鐵門往下掉？

這都是在幾秒間發生的，呆了好半晌，郭怡芬回過神，驚魂未定的起身，拍拍屁股，整理一下衣服，重新將鐵門往上拉，拉到頂。

這時，左邊一個人，本要向前走，聽到鐵門打開，遽然停腳，轉回身走了過來。

郭怡芬認得他，也是早餐店的常客，但他不是上班族，大都在八點多才來用餐，今天怎麼這麼早？難道是他救了她？

「耶，我以為妳還沒開店。」

「早，你剛剛不是看到我打開鐵門？鐵門掉下來，是你幫我接住了的嗎？」

客人一臉詫異地搖頭：

「沒有呀，」客人指著他身後，說：「我從那邊過來。」

「咦？」這就不對了，郭怡芬訝道：「剛才你都沒聽到鐵門掉下來的聲音？」

「沒有，我只看到妳這時候才打開鐵門的。」

郭怡芬盯望著客人的手，不！這手不是剛剛拉住鐵門的手；又端詳客人的腳，不！這也不是方才出現在鐵門外的腳。

她輕一搖頭，那剛剛又是誰？

「老闆娘，怎麼了？」

「呃，沒事。請坐吧，今天想吃什麼？」

◆

房東王克昌到底是什麼情形？醒過來了沒？基於關心，郭怡芬有點掛念，當然，最掛念的還是昨天清晨，出現在鐵門外那雙腳，還有枯瘦的老者那雙手，到底是誰？

那雙腳害她差點被鐵門壓傷小腿；那雙手又救了她，她細細回想、揣摩這個人到底是要害她？還是救她？他又是誰？

還有，清晨那位常客，居然沒看到鐵門外那個人？

這兩天，一直沒遇到王太太，也不知道王克昌的狀況。

郭怡芬仍舊忙她的早餐店，這天，快接近中午了，阿琴施施然出現。

點了餐，她落座後，黃建國遞上她的飲料，不久郭怡芬也煎好荷包蛋、熱狗，送給阿琴，問：

「今天這麼晚？」

「嗯，還不是我那孫子，睡到很晚，我等他出門，才有空出來吃早餐。」

阿琴嚥下嘴裡的蛋，轉望郭怡芬：

「耶，樓上王太太來過沒？」

退回大煎盤的郭怡芬望著阿琴，搖頭。

「那王先生呢？」

郭怡芬搖頭：「不知道，沒聽到消息。」

「奇怪，到底怎樣了，我們要不要去醫院探望他？」

郭怡芬想想搖頭：「不好吧，現在都在宣導，盡量不要去醫院探病。」

阿琴點頭，繼續吃她的早餐。看她喝下最後一口飲料，郭怡芬忽然問：

「阿琴，妳有聽過附近有什麼傳言？」

阿琴搖頭。

「以前我聽過傳言說，這裡如果有人亡故，會連續死掉兩個人。」

「哦，妳說這個呀。」阿琴猛點頭：「有，有。常年以來，我們這地頭據說每有人去世，就會連續死兩個。」

「我好像聽妳說過，妳老公……」

「對，我老公死的那一年，就在夏天，我家附近鄰居，連接著有人發生車禍亡故。另外一個是女孩。妳知道嗎，那女孩才二十多歲就死了，好可惜！」

「呀，她什麼病？」

「據說是感情問題，她男朋友跟她分手，又交別個女生……很奇怪，年紀輕輕怎麼就想不開？」

郭怡芬沉吟不語，一旁的黃建國突然接口：

「媽，昨晚妳睡了後有人敲我們家的門。」

阿琴也轉望著黃建國，郭怡芬臉色平板地問：

「誰？幾點的時候？」

黃建國搔搔後腦，認真想了一會兒：

「大概……快十二點，我不知道是誰。」

郭怡芬整張臉都嚴肅著，要黃建國說清楚，昨晚的狀況，連一旁的阿琴也認真聽著……

◆

昨晚黃建國正準備要上床，忽然聽到鐵門發出「叩、叩」聲，他看著手錶，已經這麼晚了，不可能會有訪客，況且就算有訪客，也都是郭怡芬在應對，所以他自顧上床。

他沒聽到郭怡芬去開門，他知道平常這時候媽媽早已呼呼大睡，不然次日工作會爬不起來。

不過接著，鐵門又被敲響兩次，「叩、叩」但都只有兩聲而已。第四次時，他忍不住下床、起身。

鐵門上有個小孔洞，可以窺視外面，他沒有直接開門，由小孔洞看出去沒看到人。就在這時，鐵門下方，也就是在他的胸腹下方，又傳來敲門聲響「叩、叩」。

「誰呀？這麼晚了，要找誰？」

黃建國很不耐煩，發出的聲音帶著微怒，又高又粗嘎嘎。他再次由小孔洞望去，還是沒看到人，接著，他就回房睡覺。

聽完，阿琴凝眼沉思……郭怡芬緩緩道出，昨天清晨大鐵門發生狀況的事件。阿琴的臉色愈顯凝重，她仔細看看郭怡芬，搖頭：

「看不出來妳的臉上，有什麼衰運跡象……不過，難道是本地傳說中，亡者來牽伴一起上路？」

「呀？妳是說來找我？」郭怡芬不悅的瞪阿琴：「呸、呸、呸，沒聽說過附近有誰亡故，拜託妳別觸我霉頭。」

阿琴抱歉地笑了：

「我只是隨便說說，幹嘛生氣？」

討論不出結果，阿琴要去菜市場，便離開了。雖然是這樣，但郭怡芬心中卻擱了塊大石頭。

◆

中午，黃建國要去西門町附近一家餐廳打工，只剩下郭怡芬一個人照顧店面，這時客人不多，然後快兩點她就收攤，拉上鐵門補個眠。

平常，午覺醒來郭怡芬開始準備晚餐，黃建國大約會在七點左右回家吃晚餐。

不知道是受到今早談話的影響，還是自己精神不濟，郭怡芬午覺睡得很不安穩，所以她乾脆爬起來，到外面大賣場買個東西，再回家準備晚餐。

晚餐時，郭怡芬兩母子討論了一番，黃建國說阿琴是無稽之談，還說昨夜的敲門聲，搞不好就是鐵門被風吹或受到什麼東西撞擊，一定是他聽錯了。

「我們又沒害人，有時來了乞食的人，媽媽還送他三明治呢。」

黃建國的話，讓郭怡芬整顆心都安定下來。對呀，雖然能力微薄，但她做得到的都很願意幫助人呢！

◆

次日清晨四點，郭怡芬習慣性醒過來，可能是昨天黃建國那番話，加上忙於工作就較容易忘卻許多不好的事，她開始忙著而且忙得很愉快。

做完一批方便帶走的三明治成品，牆上壁鐘指著六點十五分，她輕鬆的拉開鐵門，天色已經濛濛亮了。

忽然，一道人影由右邊忽然出現，郭怡芬眼尾有看到，她站在大煎盤後方，頭不抬、眼不看，笑道：

「早安，今天想吃什麼？」

客人都沒有回話，郭怡芬不免訝然，抬眼一看，赫然是王克昌！

郭怡芬先是大愣，繼而高興的笑了：

「哈，王先生你不是在醫院嗎？痊癒出院了？恭喜唷。」

王克昌盯望排列整齊的三明治，郭怡芬知道他喜歡的口味，笑問道：

「一樣肉鬆嗎？」

王克昌伸出手，指著漢堡肉三明治，郭怡芬笑道：

「哦，這個也很軟，你一定咬的動。」

王克昌點點頭，這時郭怡芬看到他伸出的枯瘦、佈滿皺紋、血管突出的手，有一種熟悉感……

王克昌接過三明治，抬起尖下巴，緩緩說：

「呀，我欠妳早餐的錢，恐怕沒辦法還了。」

郭怡芬當下笑了：

「我都忘記了，才幾十塊錢，別放在心上，沒關係的啦。飲料呢？還是一樣？」

她其實記得很清楚，那是在上個禮拜一的事。

話說完，郭怡芬轉身去倒飲料，王克昌一直都喜歡喝熱紅茶。

◆

「阿芬！」

突然，一個破嗓門聲浪讓郭怡芬心口猛然大跳，手一抖被燙到了，害她急忙放開杯子，抓起濕毛巾，猛擦著手。

一面擦，郭怡芬一面轉回頭，是另一位鄰居熟客潘太太，講話向來是大嗓門。

「看看啦，妳的三明治掉到地上了。」

說著潘太太低下身軀，幫忙撿起攤子前的地上，那是塊漢堡肉三明治……

那塊三明治，讓郭怡芬心事重重。不過客人上門，她還是很親切的招呼著。

一直忙到將近十點，一部計程車停在昆明街角，房東王太太下了計程車。

郭怡芬看到了，高興地招呼著：「王太太，妳回來了？」

王太太走近攤門前，精神不濟、臉容慘澹、雙眼浮腫，在郭怡芬關心之下，她才說出。

幾年前，王克昌罹患大腸癌，有一段時間常進出醫院，王太太不想讓鄰居知道，一直沒有說。

前幾天王克昌忽然昏迷，送到急診處，醫生檢查出癌細胞整個擴散，今天早上快四點時斷氣了。

王太太說完，猛吸鼻子，擦著紅腫雙眼。

郭怡芬聽得目瞪口呆，她整個人都呆了。過了好一會兒，郭怡芬才醒悟地勸慰了王太太幾句，王太太這才往右邊大鐵門樓梯回家。

這一回想，郭怡芬猛然驚醒……王克昌一直都躺在病房內，那麼她遇到、看到的，並非王克昌本人嘍？

下午收攤後，郭怡芬特地去附近龍山寺上香拜拜，虔心祈求菩薩保佑她和黃建國平安無事，也希望不要再發生奇怪的事件。

次日，阿琴來吃早餐，她的八卦新聞特別靈通，急著告訴郭怡芬，王克昌已經亡故的消息。

郭怡芬點頭，提起昨天上午王太太回來，她已知道這個訊息。

阿琴已經快七十歲了，難免有點感慨。郭怡芬沒有提起昨天清晨，王克昌曾來她店門口的事，她可不想聽阿琴提起什麼傳說；什麼亡者來牽伴一起上路的……

到了晚上，郭怡芬和黃建國用完晚餐，黃建國去拉鐵門時發現鐵門壞了。

好在才八點左右，郭怡芬連忙去找人來修鐵門。

修理師傅檢測了一下，發現鐵門有地方磨損壞了，如果往下拉，暫時停住後，再拉的話，會急速往下掉，萬一有人站在鐵門邊緣，可能會被壓傷。

聞言，郭怡芬想起前些日子，鐵門驟然往下掉，差點壓傷她的小腿這件事，她捏了一把冷汗。

「原來，鐵門早就壞掉了呀？」

「沒錯，好在你們發現得早，不然後果不堪想像。」

◆

忙了幾天，鐵門總算修理好了，拉上拉下的時候，不但輕快又順暢。

郭怡芬工作起來，順遂多了，這天她還是一樣起個大早，鐵門拉了一半，開始備料、忙著前置作業。

「叩！叮！」

郭怡芬猛的停住手中工作，抬頭看一眼鐵門……沒事，她又繼續工作，但鐵門又發出方才一樣的怪聲。

她放下手中包了一半的三明治，趨前摸摸鐵門。鐵門非常穩當，沒有晃動的現象，那聲音是從哪來呢？

就在她正欲轉身，忽然聽到有人呼喊她——阿、阿芬，開門。

「誰？」郭怡芬揚聲反問。

會叫她阿芬的，算的出來只有幾個人，都是既熟悉，又比她年長者，像阿琴、房東王太太、房東先生……想到此，郭怡芬乍然頓住，這聲音很像是……

忽然，鐵門外出現一雙穿著嶄新布鞋的腳，赫然與上次替她擋住鐵門時，出現的布鞋腳一樣。

事後，郭怡芬才知道，這雙新布鞋，是王克昌進了急診室的第二天，王太太在醫院附近的商家買的。

就在她楞怔時，鐵門外那雙腳的主人，緩緩的彎曲著膝蓋，蹲了下來，一張老者面孔，出現在鐵門底下的外面，他是王克昌！

郭怡芬嚇傻了，幾乎可以確定，遽跳的心臟就快蹦跳出口腔。在不曉得該怎辦之際，王克昌不耐煩了，有那麼幾分之幾秒，他歪斜的老臉，猛然現出猙獰、扭曲樣，瞬即又恢復正常：

——快點開門吶，阿芬。

郭怡芬不敢回答，更無法打開鐵門，她渾身僵硬到起了雞皮疙瘩，腦海中出現幾個方案：一，快拉上鐵門。二，快逃進屋子裡去。三，躲到煎盤那邊去，那邊它看不到。

可惜，她完全無法動彈。

——阿芬，我欠妳錢，要還妳錢呀，快開門啦。

郭怡芬上下顎顫抖不停，就是說不出話來。

王克昌手上拿著一張百元鈔票，它的手枯瘦、佈滿皺紋、血管，沒錯！就是那天板住鐵門，救了郭怡芬的那雙手呀。

——阿……阿芬，沒時間了，我、我得走、走了。

說完，王克昌老髦身軀，像一團褐色麥芽糖，整個扁塌在地，軟化、終至消失。

它消失後，有張紅色百元鈔放在地上。

郭怡芬久久無法動彈，好像全身神經都僵化得無覺，只有臉上掛著兩行淚水。

等她可以動了時，天色已經大亮了。她原打算今天要休息，但是熟客在外面數度喊她，她這才拉開鐵門，不過她雙腿虛軟無力。

欠債必還

原來，這天是王克昌的頭七，藉著亮花花的天色，郭怡芬發現王克昌留下的百元鈔竟變成冥紙。

後來，郭怡芬去找房東王太太，特意向王克昌上香、祭拜並默禱，很感謝它救了她，這份恩情她將永生難忘。

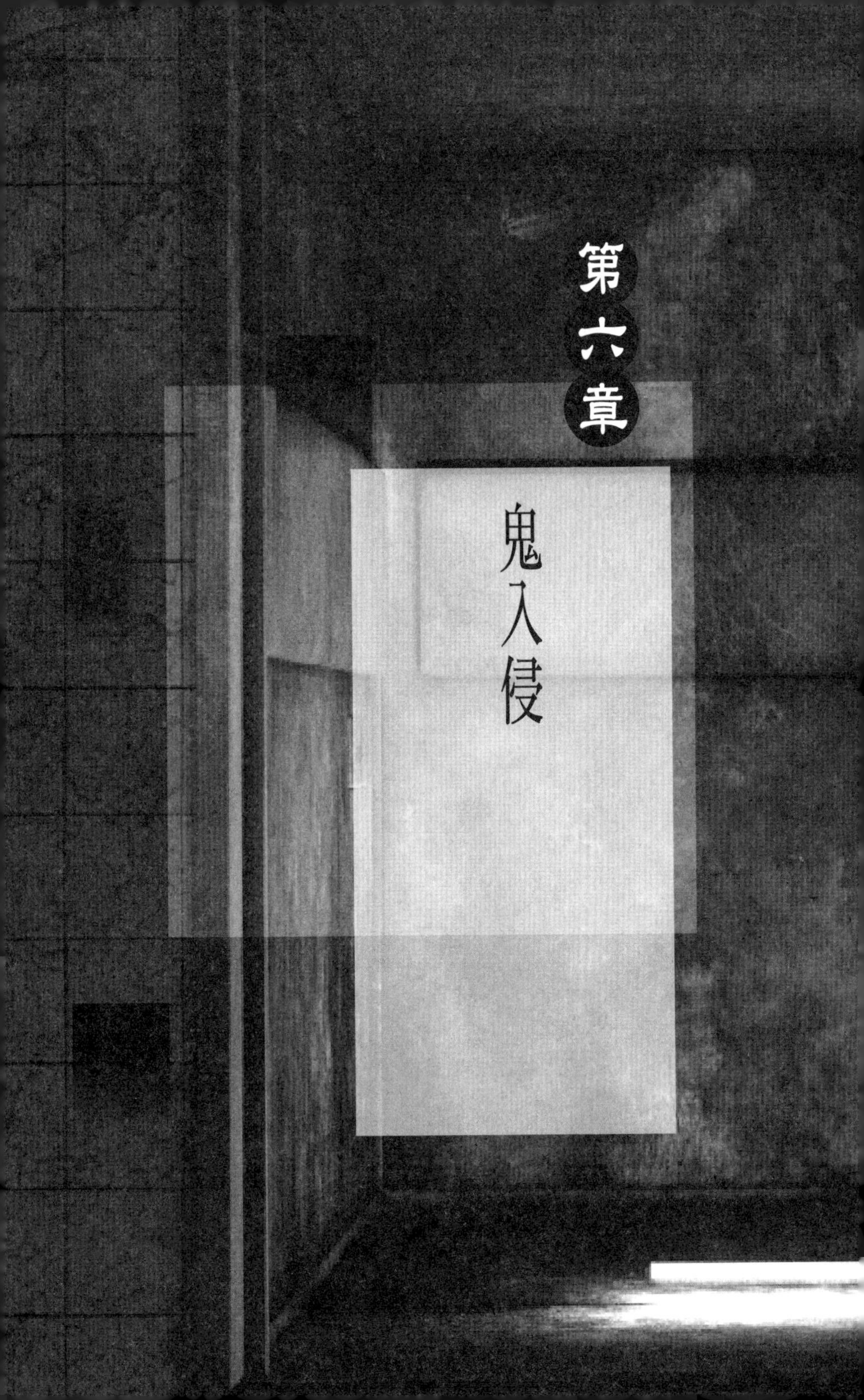

第六章

鬼入侵

周隆發在住家附近的便利商店當夜班工讀，每天下班幾乎都過了十二點。

這天，他捨棄騎腳踏車，改走路回家。

他住家附近都是老舊公寓，雖然在等待都更，但建商跟住戶談了幾年，就是談不攏。

黑暗的馬路上，一片寂寥，黯淡的路燈將周隆發的身影拖的冗長。不過，這條不算寬大的馬路他已經走習慣了，一點也不感到暗濛。

一面走，周隆發一面被睡意侵襲，他有點後悔沒有騎腳踏車，不然早就到家，可以四平八穩地躺到木板床上睡大覺了。

前方有個路口，走到一半時，突然冒出個人，害周隆發睡意頓消。

他放眼望過去……前面這個人身軀瘦弱加駝背，頭頂上冒出稀疏幾根毛髮，在幽黯光線下，閃閃發光，那應該是白髮，黑髮不會發光。

所以這個應該是老人，周隆發這樣想著，腳下步伐並未停止。

因為是老社區，附近偶而出現睡不著的老人，出來晃晃是稀鬆平常的事，年輕人或因工作或結婚都搬遷到他處，像周隆發學歷只有國中畢業、腦筋又不靈光，當然找不到正規工作，又沒有對象，才會留在老社區吧。

啊，也不盡然，周隆發有個國中同學叫林如花也住附近，大家都叫她阿花，跟周隆發還不錯，許是因為都只有國中畢業，是鄰居又都同留住在家鄉，周隆發一直把林家欣當作心中的偶像。

自顧想著心事，周隆發走近了。忽然有人開口低喊一聲，但在周隆發感覺裡，是在他耳際大喊一聲，害他吃一驚，停住腳轉頭望去。

原來他已走到突然冒起的老人身邊，只看這老人一眼，周隆發倏地狂喊著：

「呀！哇呀——」

老人跟他相距不到兩公尺，這麼近距離之下，即使沒有路燈，也可以看得一清二楚。

老人頭頂是稀疏白髮，臉孔佈滿橫七豎八的皺紋，臉上總共有三顆烏黑深洞，上兩顆是眼睛部分，下面則是沒有牙齒、凹陷成黑洞的、大張著的嘴巴！

在周隆發出聲之際，老人底模樣，瞬間三變，像壞掉的錄影帶或ＤＶＤ，畫面突然出現橫紋，緊接著又幻化成一般正常畫面。

「呵呵！你個傻小子。」

周隆發不可置信地眨眨眼，再盯住前面這個老人，赫！怎麼會是他阿嬤？

就算腦筋不太靈光，周隆發的直覺是感到怪怪的，他退一大步，指著老人：

「妳、妳……」

「我知道你想著阿嬤，所以阿嬤等你下班。知道不知道？」

「呃，哦。」

周隆發呆愣的點頭，真的是阿嬤。

「咦？」阿嬤審視著周隆發：「你沒有騎車回來？」

「嘿呀，我想走路，阿嬤，妳怎麼不回家睡覺？」

「哦，阿嬤到處看看，想多撿一點回收物。你先回去吧。」

周隆發點頭，自顧往前行，可是他愈走愈覺不對勁，走到一半，又回頭再看，嗯？阿嬤不見了？

他正狐疑間，遠遠的暗處，阿嬤向他揮手。阿嬤沒有出聲，周隆發卻知道阿嬤的意思，要他快點回去。

◆

周家在一樓，只有十坪左右，周隆發推開門，依往常習慣先去洗澡，換過衣服，精神舒適了，準備睡覺，忽然想起方才遇到阿嬤，阿嬤好像有些奇怪，可是又說不出哪裡不一樣。

周隆發走出狹窄的小房間，轉到前面。前面除了客廳，只有一間較大的房間，時值夏季，他阿公都睡在客廳涼椅，阿嬤就睡在房間內。

周隆發明白，房間內應該是空無一人，不過，他還是輕輕推開門，悄悄望進去。咦？木板床上，居然有個突高的身影，背對著房門。

周隆發拿不定主意，愣怔了好一會兒，終於決定進去確認一下。

悄悄移近木板床邊，周隆發傾斜著上半身，探頭看到阿嬤的側臉……忽然重心不穩，他整個人摔趴在阿嬤身上。

阿嬤被吵醒過來，轉過身，睡眼惺忪的看一眼周隆發：

「耶耶，阿發，你回來啦？」

「嗯嗯。」周隆發連忙調整姿勢，問：「阿嬤，妳那麼快就回家啦？」

「嗯，是呀，你也趕快去睡覺，別吵阿嬤，我明天還得起早工作。」

說完，阿嬤閉上眼又呼呼大睡了。

呆站了一會兒，周隆發退出來，轉入自己房內。上床時，他還是想不透，阿嬤居然比他快到家？

不過繼而一想，也許阿嬤在他洗澡時就回來了，一回來就上床睡覺，這也沒錯呀。

腦筋簡單的周隆發也倦了，他很快就進入夢鄉。

周隆發的阿嬤其實是外婆。周家單生一個女兒，她十六歲時生下周隆發後跟男友分手，就把周隆發丟給周爸、周媽，後來又認識一位男朋友，就搬去跟男友住，剛開始偶而會寄些錢回來，後來就沒了，人也很少回來。

周隆發雖然腦筋不是很靈光，但還好尋常日子可以跟一般人一樣過。周爸、媽毫無怨尤地獨力撫養周隆發，不料周爸八年前中風臥病在床，周媽得照顧丈夫沒辦法工作，只好靠撿拾回收維生。好在周隆發國中畢業後，找到內容簡單的打工工作，所以家裡算是勉強可以渡過。

◆

次日，阿嬤一大早起床，先去買早點，餵飽丈夫周明兆，她自己跟著吃完早餐，就揹著木條編就的木簍出門去了。通常工作了一個早上，中午她就會買午餐回來給周明兆吃，她自己也會休息一下，下午再繼續出門撿拾回收物。

有時候，鄰居會把可以回收的物品，留給阿嬤，阿嬤雖然辛苦，但是肩負一家人職責所在，她倒是做得很有成就感。

其實撿拾垃圾並不輕鬆，收入也不固定。有時剛巧會撿拾到許多值錢物品；有時一天沒有撿到預期的量，阿嬤都會再趁晚餐過後，繼續到附近繞繞，搞不好就會找到有用的物資。

這天，阿嬤晚餐後閒著沒事，又出門去了。不知道走了多久，拐個彎就是一個路口，遠遠的，阿嬤發現前面路口的電線杆底下，置放著一堆東西。

她加緊腳步向前……居然是一堆被丟棄的傢俱，她略略檢視，發現大部分還可以使用，她樂歪了，連忙撿拾幾件輕便的先拿回家。

一路走，她一路想，剛剛那個約一人高的薄木衣櫥，加上一些零碎家用品，不是自己能力可以扛回來，便先把輕便物品收入家裡，立刻轉身跑去便利商店找周隆發。周隆發請一個小時的假，還要向店長商借機車去幫阿嬤載二手傢俱。

平常店長看周隆發蠻認真，而且也知道周家狀況，他沒有第二句話就答應了。

最高興的是阿嬤，她估量那些傢俱搬回家稍微整理一下，就可以遞補家裡欠缺的傢俱，太好了！

周隆發騎機車，阿嬤則騎著腳踏車，兩人往路口而來。看到那些二手傢俱，大約有八成新，阿嬤說，那個薄木衣櫥可以讓周隆發使用，他非常高興。

周隆發快手快腳地整理妥當，大中小依序疊好，扎實綑綁在機車後座，另外一些輕便型的讓阿嬤的腳踏車載著，兩個人一前、一後往家方向騎。

一路上，阿嬤欣慰的盯住前面周隆發後座的衣櫥，騎到一半，阿嬤突然看到衣櫥的門，微微開著一條縫，那道縫裡面，好像有東西。

「阿發，騎慢一點啦，阿嬤跟不上。」

周隆發應了一聲，車速頓然慢到時速二十多。

阿嬤腳踏車騎快一點，緊跟在機車後面，周遭一片昏黑，騎到一處有路燈的地段，周隆發的車子跳動了一下，薄木衣櫥的門被震開來。

「呀──」

因為有路燈燈光，阿嬤凝眼看到裡面躺著個像人形，但只有半人高的東西。

聽到阿嬤驚恐喊聲，前面周隆發吃了一驚，以為阿嬤跌倒了。他忙停住機車，隨著機車這一停頓，衣櫥的門又關上了。

「阿嬤，怎麼了？」

「衣、衣櫥裡面，有個人。」

「哪可能啦？剛才我整理的很扎實，哪可能會有人在裡面？哈，哈哈……」

「你個憨小子！別傻笑，快給我停車，下來看看。」

周隆發只好停妥機車，下車走到後面。阿嬤驚魂甫定，叫他打開衣櫥門看看。

他依言打開衣櫥，堆疊著的盆子、塑膠椅，高度大約有半人高。此外，並沒有阿嬤說的有人在裡面。

「鼽！阿嬤，妳嘛幫幫忙，我等一下還要去上班，要快一點啦。」

周隆發就是憨厚，跟人約好了的，務必不能失信。

果然是自己看錯了，阿嬤放下心叫周隆發再把門綁緊，一面綁周隆發一面取笑阿嬤，接著兩個人繼續上路。

◆

周明兆斜倚在在客廳涼椅上，周隆發拿著鐵鎚、鐵釘，這裡敲敲、那裡打打，修理著戰利品。他阿嬤則在一旁忙得團團轉，幫忙整理。

大門外走進一個人，是鄰居梁太太，手中提著鍋子，看到裡面一堆雜物，吃驚地道：

「阿春，哇！妳家是怎了？」

「梁太太，早呀。」阿嬤直起身，笑道：「昨晚啦，我在路口撿到這一堆，喏，都還能用呢。」

擱下鍋子，梁太太上前審視著阿春的戰利品，摸東摸西地現出驚訝神色：

「有些還很新嘛，怎麼就丟了呢？」

「你要不要？喜歡的話，儘管拿去。」

梁太太連忙搖手：

「不，不，不用。」

阿春抓起其中一只鐵鍋，毫不避諱笑道：

「呵呵，比你家那個鍋子新唷。」

「是沒錯啦。」梁太太臉色微變：「不過呀，這別人的東西，到底為什麼要丟棄？是不是有什麼問題？我哪敢要呀！」

阿春發現講錯話了，陪著笑不語。

梁太太提起鍋子，遞給阿春：

「對了，這個我煮很多，請你們幫著吃。」

「唉唷，怎麼好意思，每次都吃妳的……」

「別客氣，熬綠豆稀飯很費時間，我知道妳忙，沒空熬粥，這個適合夏天也適合周先生，很退火。」

周明兆朝梁太太招招手，以示謝意。阿春把鍋子拿進廚房，倒入自家鍋子，又把鍋子清洗過，拿出來還梁太太，同時舀了兩碗，一碗替周明兆餵食，一碗讓周隆發吃。

「妳自己不吃？」

指著客廳滿滿的戰利品，阿春笑笑：

「工作做完再吃。這樣我就不必準備午餐，下午我還要出去，看能不能再多撿到什麼。」

看她這麼辛勞，梁太太撇著嘴搖搖頭，卻不好說出來，她轉口道：

「我等一下也要出去找個朋友，很久沒跟她見面，她昨天打電話給我，我聽她口氣，好像有重要的事情要跟我說。」

阿春餵飽周明兆，放下碗，又埋頭去整理地上那堆東西。

梁太太俯近前，很有興味的看著，一面說：

「耶，不知道妳有沒有聽說過……」

阿春轉望她，她絮絮道出幾天前，過去幾條街聽說有一戶人家發生了爭吵凶殺案，鄰居報警，警察、救護車都到場處裡。

「啊，人有怎樣嗎？」

「不知道。妳不知道這件事呀？我昨晚看電視才知道，好像就在我們這邊附近吶。」

梁太太這個人向來很八卦，昨天看過電視，想去找幾條街前的鄰居，探聽消息。阿春知道她的個性，慣於講反話，一定是她打電話給她的朋友，並非如她所說的，是她的朋友打電話給她，有重要的事跟她講。

說完，梁太太提著鍋子離開，阿春不斷的向她道謝。

周隆發先修理薄木衣櫥，把搖晃的門、歪斜一邊的抽屜，該釘的釘、要板正的板正，雖然沒辦法弄得像原來新的樣貌，但也差強人意。

將近中午終於整理妥當，他興奮的把衣櫥給搬進他的小房間。不過這一來，他的房間更擁擠了。

◆

從中午出去巡了一趟回來，已經是晚上了，阿春提著便當踏進家裡。

周明兆在客廳躺椅上呼呼入睡，周隆發睡過午覺，早已經出門去上夜班。

阿春把便當放在客廳小桌上，她又累又渴，走進廚房，舀了一碗綠豆粥喝著。

「呀——救命——哇呀——」

突如其來的淒厲慘嗷喊聲，尾音宛如殺豬般的拖得長長地。

阿春嚇了一大跳，手一抖，碗掉到地上發出乒乓聲。阿春轉身奔出客廳，她以為是周明兆出什麼事了。

跑到客廳，她看到周明兆依舊睡得安穩，接著她快步走出門張望著。

阿春抬頭仰望向晚的天空，只有一片寂然，左右鄰居家家戶戶都亮著燈，住戶們沒有太大聲息，大概都在煮晚餐。那……剛剛的淒慘嚎聲，哪來的？

呼了口氣，阿春轉回屋內，到廚房收拾破碗的碎瓷片。

餵飽周明兆，阿春就著另一半的飯菜，加上綠豆稀飯隨便囫圇吞下，算是也吃過了一餐。

然後，她轉進廚房清洗鍋子、筷子、碗時，忽然耳邊聽到有人在低呼她：

——阿、阿……春……來，來啦，阿……春。

阿春轉頭四下看一眼，廚房清理完她轉向客廳，周明兆在看電視，她問：

「你剛才有叫我？」

「沒……沒……」

周明兆中風，口齒不是很清楚，但加上搖頭，阿春就知道他的意思了，她也落座到板凳上看電視。

也許是太累了，她竟不自覺得打起瞌睡。

——阿……春……來，來啦，阿……春。

耳邊的低沉聲音把阿春吵醒，她睜開惺忪兩眼，隨便看一眼牆上掛鐘，九點多，她轉看一眼周明兆，他也瞇著眼呈半睡狀。

阿春搖醒他，問他剛才在叫她嗎？周明兆搖頭，繼續瞇上眼。

阿春替他蓋上薄被，每天早上她都很早起床，這會兒她準備上床了。

就在這時，低沉的呼喚聲又響。聲音不高，但卻有無形的強勁吸引力，阿春眨眨眼環視一眼客廳，判斷聲音來源，然後她起身循著聲音而走。

第一間是他們夫婦的睡房，再過去是周隆發的小房間，再進去就是廚房。

阿春越過第一間房，呼喚聲變得很清晰，走到周隆發房間時，呼喚聲突然停住，阿春的腳也跟著停住。

鬼入侵

——這裡……呵呵……阿……阿春，來呀。

阿春像似迷糊了般，她轉身面向小房間，隨著呼喚聲她跨前一步，房內實在太狹窄了，才一步就走到衣櫥邊。

衣櫥在阿春右手邊，門突然打開一線。阿春凝眼望去，裡面暗黑黑，她按開左邊的開關。

為了省電，加上周隆發白天睡覺，晚上上夜班，根本不需要燈，所以房間的燈泡是五燭黃燈泡。阿春望向衣櫥內，隱約中似乎看得到，有個人坐在衣櫥內。

阿春伸手，訝異的打開衣櫥門。赫！真的坐了個人，是個老女人，她駝背又瘦弱，頭頂上冒出稀疏幾根毛髮，閃閃發光，那應該是白髮。

這個人的樣貌太熟悉了，尤其是頭頂上幾根稀疏白毛髮，阿春張著嘴，舉高手在自己頭頂上撫摸著……

衣櫥內的這個人，也舉手，撫摸著自己頭頂；阿春放下手，她也跟著放下手。

應該感到害怕的阿春，這時候整個人都懵沌了。

她連續做了幾個動作，衣櫥內的老女人跟著模仿……忽然，阿春恍然大悟，眼前這個女人，不正是她自己嗎？

她像似她的鏡子，阿春伸長手，戳向衣櫥內那個女人；女人也伸手戳過來，只是，阿春沒有碰觸到她，手指好像戳到空氣中，完全沒有觸感。

◆

家中新置了衣櫥，尤其又是自己親手修理，周隆發更有成就感，下班後他迫不及待的騎著腳踏車一路趕回家。

入夜暑氣全消，夜涼如水，伴隨著涼風陣陣吹來，真是個舒適的夏天。周隆發一面享受涼風，一面打算著，回去後要把幾件他喜歡的衣服收進衣櫥內，然後下面兩個抽屜，一個放他心愛的小物品、一個放他的貼身內衣褲。

想到此，他不自覺的笑了，接著就到家了。

推開門，周隆發把腳踏車抬進客廳一邊，睡在另一邊的周明兆聽到聲響，微微張開眼瞇望一下又閉上了。

周隆發到後面洗完澡，很快就轉回自己的小房間。打開燈，房間燈泡不太亮，不過他已經習慣了。

他很快拉開衣櫥的門，入目之下，他吃了一驚，退一大步。

衣櫥內坐了個鬼，頂著稀疏白髮，臉孔上布滿橫七豎八的皺紋，臉上總共有三顆烏黑深洞，上兩顆是眼睛部分，下方是凹陷成黑洞、大大張著的嘴巴。

「鬼！鬼呀！」

周隆發喊著，轉身奔向客廳，把周明兆吵醒過來，他沒搭理爺爺，抓起角落掃把，又衝回房，掄起掃把，用力揮下去。

「啊——哇呀——」

打一下不夠，周隆發繼續要打第二下，那隻老鬼居然大喊：

「住手！你個傻小子。幹嘛打我！還不快住手。」

是熟悉的、微微沙啞的阿嬤的聲音，周隆發大驚，丟下掃把小心把阿春扶出衣櫥外。

「阿嬤，妳怎睡在衣櫥內啦？」

「呃，好痛，好痛。」阿春撫著額頭，大聲喊痛：「我也不知道，明天還要早起，我想睡覺，哪知道會……唉唷！」

周隆發把阿春扶進前面她的房間，連周明兆都被吵醒過來，周隆發又跑出客廳，安撫他，簡單說沒事，讓他繼續睡。

等兩老都安頓好，周隆發回到自己房間內，擁有衣櫥的興奮之情已經蕩然消失，他也懶得整理衣服，等明天再整理了……

睡得正沉時，周隆發忽感到不對勁，背脊涼涼冷冷地很不舒坦。他翻個身，手觸摸到濕濕的東西，他潛意識將手湊近鼻端聞……超臭，臭到爆。

「噁」的一聲，他醒過來。看到床邊坐了個老者，沒有眼睛、嘴巴，臉上只有三個黑洞，黑洞流出腥紅血水，加上老者頸脖上裂開一個大洞，血水像泉湧汩汩溢出來，蜿蜒淌下，淌濕了他整個木板床。

周隆發倏然起身，驚懼的喊出聲，同時他發現老者沒有下半身，就坐在木板床上。

他嘶聲裂肺的喊著，不敢碰觸到老者，接著滾下床，踉蹌的爬向客廳。

◆

一連數天，家中都不得安寧，幾乎天天都會出現鬼魅，再笨的人也料想得出來，鬼魅跟衣櫥有關連。

阿春明白，應該趁早把衣櫥丟掉才對，但是周隆發不肯。別看他平時很乖，拗起來像頭蠻牛，不管阿春怎麼解釋他都聽不進去。

還有，鬼魅常常幻化成阿春模樣，跟周隆發搭訕、講話，迷惑他，是否因為這樣，導致他特別眷顧衣櫥？不得解。

另外，阿春也感覺到自己體力愈來愈虛，有時去撿拾垃圾時，常會頭暈、胸悶很不舒服，只是她沒有多餘的錢去看醫生，就這樣拖著。

一天，梁太太提著一鍋滷味送來給阿春，看到阿春的臉容蠟黃，她建議她應該快去找醫生，阿春唯喏地陪著笑。

「對了，妳知道嗎？」梁太太低聲說：「那天我不是去找我朋友？她跟我說出驚人的事件。」

阿春沒有接話，梁太太繼續說，隔壁幾條街過去，有一戶人家家裡有個長年臥病的老人，因為家屬不堪長期照料，壓力終於爆發，發瘋似的謾罵老人，還拿出菜刀砍向老人的頸脖。

鄰居聽到爭吵聲連忙打電話報警，警察來了問不出個結果，到屋內檢查看到廚房內的碟子、鍋具、盆子……等，都沾了些微的紅色液體，接著發現衣櫥流淌出大量血水。

警察打開衣櫥，發現老人被藏在裡面，便急忙叫救護車把老人送去醫院，可是到醫院途中老人就因流血過多而斷氣了。

事後，家屬把家裡的衣櫥、鍋碟、盆子等，全都丟棄。至於下手的家屬，被警察以殺人罪扣留在警局裡，後來梁太太沒有再去探聽結果如何。

聽到這裡，阿春喘口大氣，慢騰騰地問：

「妳知道那些東西被丟棄在哪？」

「啊就在出事的住戶家不遠處的路口。」

阿春跟梁太太比對了老半天，可以確定就是她發現二手傢俱的那個路口。

梁太太回去的當天晚上，阿春沒有如平常的早睡，她心中惶惶然不安，就是要等周隆發回來告訴他這件事，準備趁早丟掉這些物品，包括衣櫥。

不知道是否太疲累，阿春縮倚在客廳破沙發上，居然打起盹。就在她意識模糊之際，一道鬼影由後面移出來。鬼影不是用走的，它呈平直線的飄出來，杵在客廳一角。

躺在涼椅上的周明兆，本閉著眼入睡，忽然沒來由的被寒氣冷醒過來，他睜眼看到角落鬼影，渾身打著顫抖，卻無法起身躲閃，只能張著嘴，上下唇顫慄不停。

鬼影在客廳悠忽轉個圈，徐徐飄向阿春，周明兆眼睜睜看著鬼影，鑽入阿春底身體裡……

被嚇得無法再入睡，周明兆喘著氣，瞠目結舌死死望住阿春。

他不曉得阿春會變怎樣？會不會突然蹦跳起來？會不會向他衝過來？如果是這樣，他該如何防備？又該如何逃生？

盯了幾個鐘頭，阿春一直沒反應，周明兆很想逃，卻只能微微動了一下雙腿，其他所有每個身體部分都很僵硬、無法移動分毫。這期間他也累了，終於疲累的閉上眼。

「喀——歪——」

一個輕微響聲，震醒了周明兆，他眼皮驚跳了一下，睜開來，哦，是周隆發回來了。

周隆發停好腳踏車，轉過身忽然揚聲：

「阿嬤怎麼睡在客廳？阿嬤，妳醒醒呀。」

「咿、嗚……咿、不、咿咿……」周明兆提高聲音急著想表達他的意思，誰知他心愈急，口齒愈講不清楚，平常原本是白皙的一張臉，變得紅通通。

「呀，阿公，你還沒睡？你要什麼？」說著，周隆發走近周明兆。

周明兆更急，咿咿嗚嗚的更嚴重。

「阿公，你要喝水？要尿尿？肚子餓了？」看到周明兆猛搖頭，周隆發雙眼翻白：「齁！到底怎麼回事啦？」

周明兆伸出顫慄的手指著阿春，又是一陣咿咿嗚嗚。

「阿嬤？阿嬤怎麼？」看到周明兆猛點頭，周隆發省悟的：「呀，我知道了，你怕阿嬤著涼，要叫她去房間睡？」

說完，周隆發不顧他阿公焦急神態，轉身走向阿春，伸手把阿春搖醒。

周明兆急吼著，發出宛如殺豬聲。無奈，周隆發就是不明白他的意思。

阿春被搖醒過來，猛睜大雙眼向周明兆投射出妖邪綠芒，周隆發完全沒看到。

周明兆渾身大震，惶急亂搖著雙手，猛喊：

「阿……嗚……，阿阿發，她、她、不……」

阿春歛去妖邪綠芒，轉向周隆發，柔聲道：

「阿孫仔，你累了，趕快去洗澡睡覺吧。」

周隆發點頭，轉頭看一眼他阿公。

「別管他，我來照顧他，嗯，你趕快去吧。」

周隆發折身，往廚房後面去。

過了一會兒，阿春冷笑走近周明兆，臉帶陰邪表情發出粗嘎而沉重聲音：

「你，給我安分一點，不然我先要阿春的命，再來就是你孫子，最後輪到你，敢亂講話，我會讓你生不如死。」

「咿嗚，偶……偶，無……冤仇，你，你。」周明兆說的不清不楚。

阿春卻明白他的話意：

「你跟我是無冤仇，但不是這個問題。我在救你，懂不懂。一旦生病，照顧者都會很厭煩，我就是……這樣被砍死。我……嗚……」

阿春悽慘哭聲，把周隆發引了出來，結果阿春告訴周隆發，是他阿公傷心的哭泣聲別管他。

之後，阿春每天早上會正常一點，過午後，她就被附身。久了後愈來愈嚴重，後來，阿春無法照顧周明兆，也變的瘋瘋癲癲。

直到現在，鄰居還常會看到披頭散髮的阿春在垃圾場遊蕩。至於周明兆，身體則是愈來愈虛弱，原本還可以咿呀比劃，表達他的意思，但隨著阿春無法照顧他，他狀況就更糟糕了，變得癡呆整個人就像一具躺著的活死人，連周隆發都認不得。

知道內情的鄰居，背地裡嘆氣的說周隆發只能等著周家兩老嚥下最後一口氣，他才能鬆口氣了。

過沒多久，周明兆在他躺著的客廳涼椅上，嚥氣了，晚上周隆發下班回家才發現。聽說周隆發的媽媽曾回家一趟，之後就再也沒出現，而周隆發現在依然持續做他的工作。

第七章

抓鬼記

這件事是羅英珠親眼遇到、看到，然後去求證的。想不到她這一追查，赫然發現看到的不只她一個人。

夜市X西街的末端，有一家傳統麵攤，生意很好，羅英珠也喜歡吃這家的麵。

一天傍晚，正是晚餐時間，羅英珠騎著摩托車，閒晃在馬路上。騎到一半，她發現右前方的上空，在不很高的空中，有一團似有若無的淡黑影。

剛開始，她並未注意到，是因為淡黑影愈來愈濃，而且會動，才導致她抬頭往上望。

馬路兩邊整齊的植了兩排樹木，有時會有小鳥棲息在樹上，尤其是晚上，倦鳥歸巢，就更熱鬧了。可能就因為這樣，才讓羅英珠忽略了空中的淡黑影。

淡黑影愈來愈深濃，但是它不是鳥影，因為它比鳥影大了數十倍。淡黑影出現在空中，高度大約在樹梢附近，等羅英珠注意到時，它正優遊在空中，接著它繼續往前飛翔，飛到下一棵樹，鑽入樹梢。

這會兒正值黃昏，西下的夕陽由大馬路彼端照射過來，所以羅英珠注意時，清晰地看到它再次由樹梢鑽出時，已然變的更深一層黑。而且它是有層次的，再度鑽出樹梢，優遊在空中飛翔著，遇到前面的樹，它又鑽進了樹梢因為樹梢有樹葉，多少遮掩住它，然後等它在鑽出時，又黑了一層。

羅英珠很好奇，它，究竟是甚麼？不是鳥；不是樹葉，樹葉不會飛；也不是鳥雲，雲沒那麼低。於是，羅英珠乾脆停下機車，仔細端詳它。

它一路往前翻飛，黑影子愈來愈大，羅英珠終於看到了，它有頭、有身軀、有手腳，雖然是一般正常人縮減了五分之一左右，但卻可看的出來是一團人影。

人影繼續往前竄，不知竄到第幾棵樹梢，然後消失了。

好奇怪，有這麼小的人影？除非它是小孩子。可是有小孩子、或小孩黑影在天空飛翔的嗎？真是令人匪夷所思。

這之後，羅英珠每每到麵攤來晚餐時，總會有意無意的注意天空，不過卻很少再看到它。

過了一段時間後的某一天晚上，很晚了，羅英珠睡不著，想吃消夜，忽地想到很久沒去吃麵了，她便騎著機車，往麵攤而來。

騎到一半，她發現有個人坐在樹下抬頭往上盯望著。

這整排樹下，設有石頭椅子，跟西門町人行路上的石椅是一樣的。羅英珠因為有之前的經驗，遂停住機車，跟著那個人眼光方向望過去。

這個方向在馬路盡頭轉彎處，再過去一點有一棵樹，跟馬路兩排的路樹不同種，樹身比較札實、比較圓胖，樹葉比較茂密，在樹叢當中有深不見底之感。

「妳有看到嗎？」那個人突然問。

羅英珠環視著左右後方，都沒有人，那麼他是在問自己嘍？

「看到什麼？」

「嘿，不然妳在這裡站了好一會兒了，在看什麼？」

「那請問你，你在看什麼？還是在這裡乘涼？」

這個人勃然變臉，瞪一眼羅英珠，口氣帶著火藥味：

「都幾點我還乘涼？告訴妳，我看到鬼！」說著，他氣呼呼地起身，轉身走了。

因為上回，遇到那個人也注意到樹梢，羅英珠很好奇，究竟他看到的，是否跟自己看到的情形一樣？

如果是一樣，可見那團東西，不是偶而出現，是經常出現，那麼那團物事就很能引發各種想法了。不過想歸想，畢竟羅英珠也有她的工作，時常一忙，這件事就被拋諸腦後了。

她在附近開了間蔬菜水菓店，店面不大，她請兩位員工輪班，女員工是上午班，早上六點到下午兩點；男員工是下午一點到晚上九點，各都八小時。每到交接時間或員工有事請假，羅英珠就得去店裡幫忙。另外，她還得巡視蔬果貨物販賣的情形，補貨更是她的職責了。

這一天，男員工向她請兩個小時，所以晚上七點他就下班，羅英珠去接班。八點五十分，大概可以收攤了。這時候的客人來店量幾乎掛零，這麼晚除非有臨時必要，否則是沒人會來買蔬菜水果，所以羅英珠慢慢收拾著。

忽然，傳來窸窣聲音。對面在蓋大樓，沒有店家，一片暗黑。羅英珠隨便看一眼，繼續忙著收攤，忽然靈光一閃，想到前些天的際遇。

附近兩旁大馬路也是種植了兩排樹，樹底端周圍，範圍大約將近兩台呎，種植了一圈低矮小樹叢。

羅英珠抬眼看著對面樹梢，天空一片黯藍色，雖然能見度不高，但這邊有燈光照射，因此隱約可以看到稀疏的樹梢。

窸窸窣窣……這會兒聲音更響了，但不是樹梢，而是樹底下矮樹叢發出來的。

羅英珠立即低眼望去，矮樹叢高度不到一台呎，根本無法掩藏任何東西。

看了幾秒，又變安靜了，羅英珠正要收回眼……忽然矮樹叢在動！

幾間並列蔬果店再過去是一條巷口，巷內是菜市場，因此有可能是老鼠，也可能是風。

不，說風的話太牽強了，附近完全沒有風，況且這麼低矮的樹叢更不可能讓風吹到樹葉會動，還會發出聲音！

但說是老鼠，好像也不太對，老鼠是狡猾而多疑的小動物，牠怕被抓所以會亂竄，絕不會在原地磨蹭太久。

一面轉著思緒，羅英珠一面望住矮樹叢，這會兒矮樹叢的葉子被撥動得更厲害。

接著，矮樹叢硬被撥開兩邊，中間緩緩冒出一個圓狀物，頂端連著稀疏像刺的東西。

羅英珠極盡目力，等看清楚了，她心口猛烈撞擊起來，那個圓狀物赫然是一顆頭，頂上刺刺的是它的頭髮！

那顆頭有著紅通通大蒜鼻，瞪開一雙圓鼓鼓、佈滿血絲的大眼睛，眼眶邊緣裂開，迸裂處淌下數道腥紅血水。

羅英珠跟它對看了整整三、四分鐘，身上、手臂都起了雞皮疙瘩。她感受到這三、四分鐘，她幾乎快停止呼吸。

「阿珠！」

猛然一聲喊，驚醒羅英珠，她白著臉轉望隔鄰的攤位、同時伸出顫抖的手，指著對面：

「阿伯，有、有看到沒？一個頭！在樹叢下，有沒有！」

隔鄰攤位的阿伯看了老半天，都是一片黑，他笑了：

「阿珠，妳太累了，趕快收攤回家睡大覺。別欺侮我老人家眼睛不好。」

羅英珠再轉頭望對面，人頭不見了，除了暗，還很平靜。

◆

「老闆娘，最近這幾天好奇怪喔。」男員工名叫阿昇。

兩點多時，女員工下班去吃午餐，羅英珠來巡視攤位上的蔬菓，考慮著應該進什麼貨，不經意地問：

「怎麼說？」

「每天晚上八點多，總覺得對面就有一對眼睛在看著我，可是我一看對面又看不到什麼，但被看時我總是渾身不對勁。」

羅英珠轉向阿昇，嚴肅地看著他，想不到連阿昇也感覺到了。

「昨天中午，我特別到對面樹叢查看，但都沒什麼。可是一到晚上，那感覺又來了，尤其是八點過後。」

羅英珠不在意似的又轉向攤上水果，同時反問：

「你只是感覺，怎知道有眼睛在看你？」

「有呀，好幾次，我故意裝傻，然後找個角度，偷偷望過去，看到兩顆發著紅光的眼睛，但是不到兩秒，紅光眼睛就消失了。」

羅英珠頓了頓，為了怕引起恐慌，她淡然說：

「或許是對面太暗，讓你產生錯覺。你不要看對面就好了嘛。」

阿昇聳聳肩，沒再繼續說。盤點過水果，羅英珠把該進貨項目，填入進貨單上，就離開攤位了。

阿昇的話，讓她很在意，她找到機會，跟附近攤位老闆閒聊，委婉探問，結果沒人遇到這情形。

她午餐也晚吃，快三點了，肚子開始抗議，想了想，她騎著機車，隨便繞了些路，想不到居然繞到麵攤，她坐下來點了一碗麻醬麵、餛飩湯，切一盤滷味。

和老闆娘哈拉幾句，吃飽了，羅英珠到對面去牽車。

準備離開時騎樓旁的柱子邊，站了一位年紀不大的人，但鬼鬼祟祟的動作讓人起疑。

羅英珠動作慢了下來，打開車座，拿裡面的毛巾擦式著機車座位，暗中注意他。再多看幾眼時，羅英珠想起來了，這個人就是那天她想去吃消夜，而他坐在樹下石椅上猛盯著樹梢，還說他看到鬼了的那個人。

此刻，他又在幹嘛？

羅英珠循著他眼神，發現他在看麵攤角落。

「你在找人呀？」這次羅英珠學聰明了，沒問他在看什麼。

「哪是，我想吃麵，可是……妳沒看到嗎？角落那邊坐了個人，很奇怪的人。」

「哪裡？都沒有人呀。」

不是晚餐時間，麵攤上都沒有客人，但是這個人形容那個奇怪的人，說他頂上頭髮豎立著，長得紅通通大蒜鼻，眼眶邊緣迸裂，佈滿血絲的特大眼睛，流淌下數道腥紅血水。

羅英珠心裡打了咯噔，這長相不就是她在水果攤對面看到的那顆頭嗎！

深吸一口氣，羅英珠問：

「記不記得我？那天很晚了，你坐在樹下石椅望著樹梢……」

這個人聽了，轉眼仔細打量羅英珠，這時羅英珠發見他眼睛很邪門，不像正常人。但也許是這樣，才讓他能看到平常人看不到的東西。

「對對對，我記得妳，也認得妳，是前面蔬菜水果攤的老闆娘。」

羅英珠笑笑，請問他姓名，他說他姓李叫李天送。

「走吧，我請你吃麵。」

李天送猛搖頭，他不敢去，說那個奇怪的人還坐在那裡。

羅英珠想到個法子，她讓李天送先到遠些的樹下石椅上坐，然後她到麵攤買一碗麵帶給他吃。

重要的是羅英珠想知道他看到了什麼？跟她看到的樹梢上的東西一樣嗎？還有，他剛看到的到底是什麼？

◆

吃飽喝足了，李天送的話也多了。他家住附近，沒有工作，閒閒沒事時常會到處蹓達。

那天很晚了，他睡不著，便到屋外隨便走走，街道一片冷清，偶而有機車呼嘯而過。他散步累了，坐到一棵樹下的石椅上，無意識地抬起頭。突然，他看到馬路轉彎處冒出一股濃煙，他嚇一跳以為發生火災。

再仔細辨認，他發現濃煙起於馬路轉彎再過去一點的一棵樹，就在他看著樹時，濃煙瞬間淡化變成一個人形，大約是正常人的五分之一左右。

他目瞪口呆，兩眼無法移轉開來，定定地看著那人形的變化。

這個人形愈來愈清晰，長相一如方才坐在麵攤上的那個怪人一樣，它超乎常人的大眼，突兀的轉向李天送。

被它這一看，李天送急忙收回視線，他想不通那個到底是不是人？他心裡很好奇，想在看一眼那個奇怪像鬼的人形，但是他又有點怕。

就在這時，一篷細水滴從天而降，李天送頭頂被滴到，他以為是鳥屎，伸手一摸，聞到一股腥臭味，他一看，居然是紅色的！

通常鳥屎是白色的，怎麼會是紅的？李天送抬頭往上望去。

赫然發現方才看到的那團人形，就浮立在樹梢上面。它繼續向下滴著水滴，李天送發現這是它臉上眼眶邊緣流淌出來的血水。

這一驚非同小可，李天送猛然站起，頭依舊往上望著。他看到它鼻孔以下是空的，亦即說應該是下巴的地方，居然是空的，它沒有下巴。

接著，李天送看到它下巴處湧出一大坨紅白交間不曉得是什麼東西，就要往下滴淌。

李天送急忙閃向一旁，同時看到它整個忽然縮小，化成一縷淡黑影，竄向後方排列在馬路上的樹梢，迅速消失在後方。

李天送喘了口大氣，慶幸它沒有對自己怎樣。低頭望去猛地發現，地上應該會有它滴下來的血水，但是地上卻乾乾淨淨不見一滴血水。

可怕的人形已經離開了，而李天送卻因為好奇方才那個人從哪來的而重坐回石椅，抬頭望著那棵樹身，研究著那個東西究竟藏在哪。

是樹身？或是茂密的樹葉？樹葉叢內，濃郁得深不見底，難道是從樹葉叢冒出來？還是它躲在樹葉間？

「我正研究的興起，妳就走過來打斷我了。」

羅英珠笑了：

「難怪你會那麼生氣。」

李天送歪歪頭，撥弄著碗裡的麵，點頭。

「後來呢，你還有看到它嗎？」

李天送搖頭，臉容肅穆地：

「之後，我去馬路轉彎那棵樹查看，發現……」

那是第三日的白天，李天送憶起兩天前晚上發生的事，他刻意去樹下檢視，發現樹的枝椏間吊著一棵圓球。

「圓球？」羅英珠訝然的問。

李天送點頭，說那棵圓球不是真的球，倒像是樹瘤，但是樹瘤怎會有火？

「你看到有火嗎？」

李天送認真想了想，用力搖頭。

「對啦，你剛剛說看到冒出一股濃煙，對不對？」

李天送點點頭，羅英珠心中感謝他給的資料，她決定……

◆

儘管熱死了，但夏季總會過去的，眼看秋老虎悄悄入侵大地，無形中白日逐漸縮短，尤其是太陽一下山，大地頓然暗了一層。

趁天色尚未黑盡，羅英珠和阿昇抬著個竹梯，走在足以燙傷人的大馬路上。

阿昇汗流浹背，一面走一面揮汗說：

「唉呦，老闆娘，妳說要抓鬼，幹嘛選在這時間？超熱的耶。」

「你懂什麼，就是要趁這時間點。太早了，鬼不會出現；太晚了，鬼真的出來，保證你會怕死。」

「哪會啦，鬼一出現，我就打的它滿地找牙。」阿昇勇氣百倍地。

「吹牛都不打草稿，那個人就是你。」羅英珠牽動兩頰笑紋：「誰說每天一到晚上八點，被一對眼睛看的渾身不對勁。」

阿昇無話可接，瞇眼歪嘴。

又走了一會兒，阿昇又喊熱了：

「老闆娘，到了沒？我快沒耐心了，還不如回去顧店、吹冷氣。」

「耶，你這個孩子，一點都不顧慮我在替你設想。」

「怎麼說？」

「我很擔心你。要是你怕遇到鬼哪天辭職不幹，我攤位要怎麼辦。」

阿昇聽了笑開來，被重視的感覺讓他超爽，雖然明白老闆娘說假的，但他聽了也很開心呀。

馬路盡頭拐個彎，終於到達目的地。

羅英珠指點阿昇，把竹梯架在又圓又胖的樹幹上，阿昇傻眼了：

「唉唷，我以為抓鬼要到荒僻、廢棄的什麼庭園或是鬼屋，怎麼是一棵樹？」

阿昇上下打量著樹身，從樹頂看到樹根；再從樹根往上看到樹梢，茂密的樹葉叢中，看不出有什麼東西。

「沒錯，就是它，你爬上去。」

剛開始阿昇爬很快，接近茂密葉叢，他凝眼望望，忽然浮起一股畏懼之感。

「怎樣？有看到什麼嗎？」羅英珠先不說出圓球，她想讓阿昇去發掘。

「老闆娘，萬一我侵擾到它……它會不會晚上來找我？」

「原來你膽子這麼小，早知道應該我上去。」

「我才不是膽小，我只是……」

「不是膽小那就趕快看，樹葉裡面有什麼？」

唉，話都說出口了，阿昇硬起頭皮，伸手正要撥開樹葉，突然葉間空隙閃出一抹紅光。

「唉唷！」阿昇吃驚的縮回手。

「怎麼？怎麼啦？」

「我，」阿昇往下望著羅英珠，轉口道：「我怕樹葉裡面有……蜜蜂。」

想了想，羅英珠抬頭說道：「不然你下來，換我上去看看。」羅英珠今天有備而來，她穿著緊身上衣、牛仔褲。

阿昇想了想：

「算了，不過，老闆娘妳可以先告訴我，樹葉叢裡有什麼？」

「我是聽說，有一棵樹瘤。」

「唉唷，不早講，樹瘤有什麼可怕的。」

說完，阿昇繼續往上爬，整個上半身都沒入茂密樹葉裡。

接著只見樹葉搖晃著，先是輕搖一陣、再一陣比較強烈、最後劇烈的晃動起來，導致整棵樹都搖晃著。

小心一點——羅英珠話尚未出口，阿昇和著歪倒的竹梯一塊滾下來摔到在地，同時，還有一粒圓滾滾的樹瘤被阿昇硬摘下，也滾到地上。

經過檢視，樹瘤並沒有什麼特別。剖開來，裡面佈滿植物纖維，就這樣而已。

說也奇怪，這之後羅英珠、阿昇都沒再看到、遇到奇怪的事。偶而羅英珠會碰上門逛的李天送，也沒聽他提起什麼不尋常的事。

◆

平靜的日子過了一段後，秋天終於過去，轉眼就進入初冬。

冬天天色暗的快，羅英珠到麵攤看到老闆娘雙眼紅腫。基於鄰居情份，羅英珠慰問似的問她原因，麵攤老闆娘垂淚道出……

她先生在秋天將盡時過世了，這幾日適逢她先生尾七，每天的下午四點多，她來麵攤，還沒開燈但電燈卻都會自動亮了。

羅英珠聽了非常訝異，可能是她也太忙，居然不知道麵攤老闆去世了。

據麵攤老闆娘說，她先生回來看她，擔心天色暗了，她看不清楚，就把燈給點亮了。

後來，羅英珠陸續聽說，麵攤老闆向來喜歡喝酒，酒精中毒，肝纖維化，轉而硬化，最後身體承受不住而去世。

去世的前幾個禮拜，他一直碎碎念，說有人要來帶他走。

剛開始，麵攤老闆娘聽不清楚他的話意，後來聽懂了，就問他：

「誰要帶你去哪裡？」

她先生停嘴沒說，嘴巴卻嗡動不停，直到他肝病發作要送他去醫院，他不肯，說他離開了它會找不到他。

「誰要找你？你病的這麼重，不去醫院不行啦。說，誰要找你？」他太太哭著問。

「它……它……我問過它是，它……」先生上氣不接下氣，好一會兒才說出：「它…它……它說他是李再來。」

麵攤老闆住院不到一個禮拜，整個人虛弱得吃不下、喝不下，卻吵著要回來。

羅英珠想起來了，羅英珠記得有好幾天，麵攤都休息。

病重的老闆，身體很虛弱，始終沒辦法坐起來，被送回到家，次日下午將近四點左右，他忽然滿臉紅光坐了起來，露出抱歉神情向他太太說：這輩子，她跟著他，一生辛勞，他很過意不去，對她感到非常抱歉。

話才說完，他咕咚一聲，倒了下去，同時斷氣了。

老闆娘哭斷肝腸，卻無法喚回先生的命。

老闆娘的大兒子，由公司匆匆趕回家，他家在巷弄內的一樓，那時候將近五點了，天色還沒全暗，視綫還算清晰。

當他兒子走到巷口，忽然看到前面，他家門口走出兩個人，他怔訝的望去。嘿！其中一位正是他父親，他父親跟一位素不認識的人一起往巷尾而去。

怔訝間，他思緒飛快地轉著：「那不是爸嗎？爸可以起床了！」

心口湧上一股喜悅，兒子舉步跑向前一面喊著，叫他等他。

眼看前面兩個人步伐都很慢，但是無論他怎麼追，就是無法追上前面兩人。

當他跑得氣喘吁吁時，他爸爸突然轉回頭，木木然的墨綠色臉上沒有任任何表情，只有一雙眼睛有熟悉的眼光，讓他還認得出是他爸爸……

這件事，掀起附近鄰居、攤販們，好一陣議論，然而隨著時間流逝，一切終究歸於平淡。

麵攤老闆娘依然持續在擺麵攤，只是加入了她的女兒。她女兒很早就嫁了，因為缺乏人手，就回來幫忙。

羅英珠再也沒看到樹梢上的黑影，她也沒對人說出這件事。

◆

時光荏苒，轉眼年又過了，春去夏來，又值燠熱時節。

這天，羅英珠騎著機車準備去吃麵。她習慣性的把車停在對面馬路上，熄火後，有人叫住她，她回頭望去，哈！是李天送。

「難得遇到你唷。」羅英珠打著招呼。

「妳來吃麵呀？」

羅英珠笑了笑，點頭，看到他還是站在騎樓柱子旁邊。

「你在這裡幹嘛？散步呀？」羅英珠上下打量他，他臉上透著青灰色，看來不是很好：「你怎麼了嗎？」

「我想去吃麵……」

羅英珠失笑了：「要吃麵那還站在這裡幹嘛？」

「可是麵攤角落，坐了個奇怪的人。」

這會兒，羅英珠放聲大笑，因為她去年帶著阿昇要抓鬼，結果證實那只是普通的樹瘤，想不到都過了快一年了李天送還玩這個把戲。

「又想糊弄我！呀，別玩了，這把戲不靈光已經過時了。走吧，一起去吃麵，我也餓了。」

「不。」李天送搖著頭，臉色鐵青、鐵青地。

「真的不去？那我走了。」

「嗯。」李天送點頭，認真的凌空比畫著：「我勸告妳，最好不要坐到角落和隔壁的座位上。」

「兩個座位？」羅英珠怪問道。

李天送嚴肅的點頭：

「那個人的旁邊，坐著麵攤老闆。」

「真的？」羅英珠轉頭望向麵攤：「你不知道嗎？麵攤老闆已經……」

「已經死了，可是它一直都在附近。」李天送語氣低沉，一雙八字眉，聚攏得緊：「真的，我看過它好幾次。」

「你沒騙人？」羅英珠心頭震了一下。

「老闆娘，妳要是不信，我可以做個實驗，證明我沒騙人。」

哦，這倒有趣了，可是證明了又怎樣？羅英珠可不願跟鬼打交道，她曾聽長輩說過，跟鬼打交道，久而久之會變成它們的夥伴。

據老一輩的說，這附近鄰居，尤其是跟陰廟為鄰的都生養了些奇奇怪怪的小孩，例如畸形、腦殼特大、手殘腿瘸、還有些瘋癲的等等，不一而足。

尤其去年，羅英珠親身遇到不可思議的事情以及阿昇的事，讓她更是謹慎。

雖然李天送沒有畸形，但是羅英珠可以感受到，他的周遭有一股妖異又很難形容的氛圍……

羅英珠縱使不相信，也不想試，可是又禁不起好奇心作祟，終於在李天送建議下，做了個實驗，想不到實驗過後，她足足病了好幾天。

李天送交代的很清楚：首先找個下細雨的日子，準備一個全白色、長方形器皿，在戌時（晚上七點到九點）再跟他會合。

李天送還是躲在對面騎樓柱子旁邊，日子、時辰都對了，然後依他觀察到的，找某個背光的座位。

受到指點的羅英珠，依照李天送吩咐，點了麵、湯後向老闆娘討些清水，放在長方形器皿，器皿置放在面前。

然後，麵、湯來了，羅英珠慢慢地吃起來……

吃到一半，都沒什麼怪異。羅英珠轉眸，挑釁似看一眼對面的李天送。

恰巧看到李天送臉上一副呲牙裂嘴樣貌，羅英珠不太明白他的意思，含笑低頭，正欲夾麵時，忽然看到方形器皿內有動靜！

本該是一缽靜水，忽然漾出波紋……這吸引了羅英珠眼光，她不顧吃麵兩眼直勾勾望住器皿。

水波搖晃間，慢慢出現了兩個倒影，一個是麵攤老闆，老闆兩眼翻白、上吊著，青綠色臉頰的下巴尖狹，幾乎完全失去了他生前的樣貌；另一個是羅英珠在攤位對面矮樹叢中，看到的那張臉。

兩個人側臉，面對面，狀似在對話，而它們倒映的影像，分明就是坐在羅英珠對面的座位上！

羅英珠的臉刹那間慘白，抬頭盯看著對面座位……但對面座位是空的根本沒有人坐呀！

「阿珠！」

麵攤老闆娘一聲喊叫，讓阿珠回過神來，她大口喘著氣，推開麵碗，倏地立起身，身軀搖搖欲墜。

「阿珠，我看妳老半天都沒吃麵，怎麼了？妳不舒服？」

羅英珠張大嘴巴，想說出看到她老公，但想了想，還是把話吞回去。

她點頭，臉色青栗的說她不舒服吃不下後，腳步踉蹌地走了。

事後，李天送說他去求證的結果，那個奇怪的人是他的遠房叔公叫做李再來，它生前很喜歡吃檳榔，以致下巴纖維化被截斷了，早在十多年前就死了，但不知道為什麼它還流連在附近，李天送猜是它要把麵攤老闆牽離開陽世。

後來羅英珠遇到李天送幾次，他還是繼續說看到麵攤上坐著奇怪的人。可是羅英珠什麼都沒看到，當然——她也不想看到！

第八章

驚懼橫死的亡靈

莊昱踏進電梯，按下按鍵——九樓，然後，他站得筆直，提著公事包的雙手，半垂直交叉在小腹前。

工作很累，尤其又加班到這麼晚回來，更讓人精神不濟。他低頭看一眼腕錶，已經快十一點了，難怪這麼累。

電梯忽然停住，莊昱看一眼，四樓樓層的燈亮了。

電梯緩緩打開門，一個女人跨進來，畏縮的站到角落，電梯關上門往上升。

莊昱面向電梯門，他沒特別注意她，只是不經意間，抬眼看一眼電梯闔上的門板，門板很光滑、明亮，映照出他的身影，打著深黃色領帶，配上鵝黃襯衫，加上西裝褲，以他身為副理的身份，今天這打扮算還好吧？

突然，他發現不對勁！

電梯門板上，為什麼只有他一個人的倒影？剛剛不是有個女人也走進來？

他倏地轉回頭，哦？有咧，女人還是站在角落。

差點飆高的一顆心，陡地往下降回正常，心情跟著平復下來了。

這時，女人抬起頭，長頭髮覆蓋下是一張娟秀臉龐，身著淡橘色洋裝，俏臉右腮邊有一顆明顯的美人痣。

有美人痣，難怪長得這麼娟秀。莊昱禮貌地一點頭，女人也裂嘴一笑。

莊昱又轉回頭，面向電梯門板。

這棟大樓蠻新的，完工不到三年，屬於飯店式管理大樓，總共有二十多層，裡面足足有三百多戶。說起來住戶又多又複雜，好在有很好的管理機制，只是住戶之間少有交流，就算是相鄰的住戶，也偶而才會碰面，所以遇到不熟悉的住戶，也很正常。

像這位娟秀女人，莊昱就很陌生了。

莊昱往上盯著電梯指示燈，跳到九樓了。門打開之際，莊昱自然而然又看了女人一眼。最明顯的，還是她那顆美人痣。

她不動，可見不是住九樓。莊昱跨出電梯，電梯門緩緩闔上。

出了電梯，莊昱轉向右邊直走，走不到五步，突然間他想起一件事，真正不對勁的事！

他陡地頓住腳，回頭看，電梯已經往上升了，電梯門口當然是空蕩蕩的。

微微張著嘴，莊昱心口無端急遽跳躍起來，他迅速轉回頭，走到底，向左拐，他的步伐愈走愈快，到後來幾乎是用衝的了。

一口氣衝到十二號門前，他伸手按開密碼再握緊門把，但是門卻動也不動。

他再按一次，還是一樣打不開門，急得他額頭狂冒汗。

是怎樣？今夜遇到鬼了？

這可是從來沒有發生過的事呀，他抹掉額頭汗水讓自己冷靜下來，想了想再伸手按密碼。密碼對了，打開門，走進去又關上門，同時掛上鍊條，他對自己苦笑著，低語道：

「今天有些奇怪，我自己的問題嗎？」莊昱扭摘下頸脖上的領帶，鬆懈地呼口氣，又對自己說：「是我太累、壓力太大了？是該請幾天假了……」

接著他照平常一般習慣，從冰箱拿出冷飲一面喝一面卸掉衣物，轉進浴室，洗完澡，感覺輕鬆多了。

仰躺到床上時，那個不對勁的問題，依舊困擾著他……

正面看那個女人，她美人痣是在右腮，可是電梯倒影時，她那顆美人痣，應該在左邊。但在跨出電梯的剎那間，他記得很清楚，看到她的那顆美人痣，居然還是在她右腮。

所以，倒影還是她的正面嘍？那怎麼可能？難道她可以站在電梯門板上嗎？

翻了個身，莊昱羚起另個枕頭，覆蓋在臉上，強迫自己入睡。

◆

朱大慶把一桶純白色毛巾提出騎樓外，一條條披在衣架上，再以長鐵桿把衣架頂到騎樓頂掛好。半個多鐘頭後，他終於把毛巾全掛上去，一手拿桶子一口握住鐵桿，轉身進洗衣店。

他妻子許阿卉看他一眼，問：

「需要我幫忙嗎？」

放下桶子和鐵桿，朱大慶搖頭：

「我都整理好了。現在生意不太好，只花了半個鐘頭。哼，以前光是飯店交給我們清洗的毛巾就足足有三大桶了。」

「沒關係啦，做多就賺多，少賺些也不打緊，反正我們沒有房租壓力。」

「妳去買午餐吧。我餓了。」

許阿卉從抽屜內內拿皮包，問他想吃什麼後，就轉身出去了。

擺在牆角的大型洗衣機正努力旋轉清洗著客戶送洗衣物，朱大慶看一眼洗衣機，嘆了口氣，喃喃自語地：

「唉，我看，我還是多找幾家飯店，包攬洗滌工作。飯店有床單、被單、枕頭單……只要包到一家大飯店，就夠我忙了，哪會像今天這樣。」

洗衣機還空著三台，但其實是因為附近開了好多家自助洗衣店，才導致他的生意清淡許多。

「我們住家隔壁那棟完工三年的大樓，住戶有三百多戶，如果能把名片遞進櫃台做個宣傳，也許會有生意上門。」

上個禮拜，許阿卉向他提過這些話後，週末時，她就去找櫃台人員哈啦，還放上一疊名片。

但直到今天，都過三了連一點動靜都沒有。

朱大慶認為一般住戶送洗衣物有限，也許有些住戶還自己清洗衣物呢。

如果可以攬間飯店，效果應該會比一般普通住戶更好，他思索著：「還是下午出去跑一趟？附近有很多飯店，要先從哪間問起呢？」

這時，一個人跨進店裡來，打斷了朱大慶的思緒。

好不容易有客人，他連忙站起來，堆上習慣性笑容，接待客戶。

客人提著個灰色帆布大袋子，袋內塞滿一堆待洗衣物，朱大慶一件件的點收衣物時，客人道：

「待會你再點，我趕時間。」

「是，是。」朱大慶又把衣物一件件塞回袋子內，拿出收據聯開單。

客人報出姓名、地址時，朱大慶有些吃驚，原來客人是隔壁棟大樓的住戶。

開妥三聯單收據，朱大慶撕下客戶聯，說：

「邱先生哦，收據給您，請妥善保管。」

邱平亮打斷他的話，問道：

「什麼時候可以洗好？」

「喔，您很急嗎？那我盡量快好不好，您什麼時候要？」

邱平亮偏著頭，想了一會兒：「盡量快。要不要先付訂金？」

「隨便您，看您方便。」

於是，邱平亮收下客戶聯單，丟下千元大鈔訂金就離開了。

不一會兒，許阿卉提了兩個便當走進店內。

「耶，看看。」朱大慶立刻遞上方才的收據聯，給妻子看。

許阿卉望著單據，逐漸露出笑容：

「這是……喔，日期是今天，ＸＸ大樓，咦，這不就是隔壁棟大樓？難道是我送去的名片產生效果？」

朱大慶一面拆開便當的塑膠袋，一面點著頭，拍著櫃檯上的千元鈔。

「嗯，送洗衣物很多嗎？」

「我估計可能要三千多塊，還沒仔細算過，不過客人看起來蠻大方的。」

「哇！太好了，老公，想不到我這招管用啊。」

難怪許阿卉那麼興奮，朱大慶開始創立洗衣店，從應付客人、洗滌工作等等全都一手包辦，許阿卉這可是頭一遭的成績。

「太好了，」許阿卉笑道：「老公，我又想到一個點子，要不要聽聽看？」

朱大慶拆開飯盒，拿起竹筷，點頭。

只聽許阿卉道：

「ＸＸ大樓很多有錢人，他們工作都很忙，大概沒時間來取衣物，我可以幫取、幫送，只是要加一點點的走路工錢就好。」

朱大慶扒一口飯：「慢慢來吧，先吃飯。」

「對了，我上次去ＸＸ大樓櫃台，探聽出是飯店式管理，裡面住了許多外國人，還有短期出租給旅遊客人……」

這頓飯，讓許阿卉吃的又香又甜。

◆

朱大慶做事很認真，既然客戶要求趕時間，他立即著手洗滌、烘乾那一袋灰色帆布的衣物。

第三天上午，邱平亮走進洗衣店，手上拎了個塑膠袋。

「耶，邱先生您好，您好。」朱大慶放下手邊的工作，迎上前。

邱平亮點頭。

「啊，很抱歉。」朱大慶忙說：「因為衣物顏色不同，不能一塊清洗，怕會被染色了，所以我還沒完全清洗好，還有一小部分。」

「沒關係，喏，加上這一袋。」

「是，是，謝謝。」

接過塑膠袋，朱大慶照例要點收件數時，邱平亮說不必。

朱大慶接著要開三聯單。這時，有一位客人踏進洗衣店，看到邱平亮，訝然道：

「耶？邱先生？」

「喔，莊先生，你好，你也來送洗衣服呀？」

「對呀！」邱平亮點頭：「一個人出外，總有很多不便。」

「就是啊，像我也是單身一個，又常常得加班，哪來時間煮飯、洗衣，都嘛外食，你知道，一個人飽全家都飽了，哈哈……」

兩個人閒聊了一陣子，邱平亮收下客戶聯單，向莊先生道再見，先離開。

朱大慶接過莊先生的衣袋，解釋收費的標準，並指著旁邊一行收費價目表。

然後，朱大慶點收著衣袋內的衣服，跟著他聊起來。

「邱先生跟您是鄰居？」

「對呀，好巧。我和他都同住九樓，還是鄰居吶。」

「所以，是他介紹您來的？」朱大慶抬頭看莊先生一眼，問。

「不，我上下班時，就注意到你們這間洗衣店了。之前每到休假日我都自己洗，但最近常加班就沒有空。」

「您沒空，送來這裡就對了。我們清洗的很乾淨、還會用熨斗燙平。」朱大慶忽想起，接口道：「對了，如果您沒空來取衣物，我們也可以外送到府。」

「哦，服務這麼好。」

「那都是因為您們客戶的捧場，所以有特別服務。」

寫妥單據，撕下一聯交給客戶，朱大慶道：

「莊昱先生哦？這名字蠻特別的。」

莊昱看著單據上日期，上面記載兩週就可以交件，他問：

「如果我忙，晚點來取可以吧？」

「當然，當然。如果您沒空，我可以幫送到府。」朱大慶又重複說。

「先不用，大樓管制很嚴，」莊昱彈一下收據收下：「要先付訂金？」

「都可以，看您方便。取衣服再付也可以。」

看著單據上寫的價目金額，莊昱說他現在不方便，取衣時再付，就離開了。

不一會兒，外出的許阿卉回來了，朱大慶告訴她，ＸＸ大樓又多來個客戶。許阿卉非常高興，因為很有成就感。

「巧的是，這兩位客戶還是鄰居。」

「鄰居？都住大樓，當然就是鄰居了呀。」

「不，他兩同住九樓，莊昱住十二號，先前那位邱平亮住十三號。」

「咦？那是不是互相介紹來的？」許阿卉腦筋動得快地反問。

「不是，很巧鼘。」朱大慶笑笑：「好嘍，沒空閒聊，我得工作了。」

話完，朱大慶提起莊昱的塑膠袋，往洗衣機而去。

◆

兩週後的晚上下班時，莊昱來取回衣物。朱大慶跟他閒聊一會兒，他就回去了。

朱大慶原本估計，邱平亮會先來取衣物，沒料到竟是莊昱先來。

這期間朱大慶去拜訪一間飯店，飯店格局不大，住客不多。經過詳談，經理滿口答應願意跟朱大慶配合，主要是朱大慶開的價碼讓經理滿意。

至於三星級以上的飯店，通常都有請洗滌的員工，比較不容易談。

朱大慶夫婦忙著工作，一轉眼，居然過了將近半年。

許阿卉偶而打開櫃子，發現有未取衣物的單據，因為忙碌，她也沒跟朱大慶提起，一天的晚上，莊昱下班提著一袋送洗衣物踏進店裡。

莊昱說，前陣子他不常加班，所以衣服都自己洗。最近年關快到了，他又開始忙著加班，所以沒空洗衣服了。

朱大慶莊昱閒聊時，許阿卉忽然插口道：

「大慶，抽屜裡還有客戶沒來領回去的衣服，那該怎麼辦？」

「呀，對，我差點忘記了，莊先生，那位邱平亮先生的衣服，怎麼都沒來領回去。我本打算親自送去給他，但最近工作忙，忘記跟他聯絡。」

莊昱瞬間沉默不語。

「如果您遇到他的話，想拜託您跟他說一聲，他是不是太忙，忘記了？」

莊昱還是不置可否，眼神飄忽不定地。

「耶？您倆是鄰居不是嗎？」許阿卉看著莊昱，怪問道：「難道您不方便？」

莊昱當場變了臉，好一會兒才低低說：

「他已經去世一個多月了。」

朱大慶和許阿卉聽了同時驚訝到久久無法回應過來。

◆

莊昱離開後，兩夫妻這才侃侃談起，一個身強體壯的中年人，才過了半年怎麼說死就死了？是什麼病？還是意外？

「喔，剛剛應該問莊先生的。」許阿卉說。

「算了，他都走了。」

「那些衣服該怎辦？」

「先擺著吧。」也只能這樣了，朱大慶轉身去忙工作。

老一輩的人說過，不要亂提已經往生了的人的名字，據說它會聽到，會來找你。

從洗衣店回XX大樓，大約快十點多了，莊昱沒遇到任何住戶，搭上電梯時只有他一個人。

按下九樓，電梯往上升，過了好一會兒，電梯突兀的頓了頓，門打開了。莊昱看一眼，電梯外面空無一人，他按下關門鍵，電梯繼續往上升。

不對勁！空曠的電梯內，他感到有一雙灼灼邪異眼光，刺的他渾身不舒服。他轉頭巡視電梯周遭，並無所獲，再低頭尋找還是一樣。算了，也許是自己太過於敏感了。

「叮！」九樓到了，在他跨出電梯門之際，突然沒來由地抬頭往上看。哇！電梯頂上出現一張娟秀的女子臉龐，雙眼灼切地猛瞪著，右腮一顆大大的美人痣特別顯目！

沒錯，正是他之前遇到過的那個女……不是女子，是女鬼。

莊昱幾乎是以摔的姿勢摔出電梯外，他不敢回頭，趕快穩住身軀，腳步踉蹌往右疾步而去。

走到底，再向左拐。隨著步伐離開電梯，他狂跳的心才逐漸平穩。想起方才好糗，好在並未遇到其他住戶。

◆

左拐後，十二號住家就在前方，莊昱腳步放慢了下來，藉以平穩剛剛的驚懼心情。

到了十二號門前，莊昱伸手要按密碼，忽然，他看到隔壁大門忽然發出聲音，很輕微，接著打開一道隙縫。

莊昱楞怔著，隔壁十三號正是邱平亮住家，他不是已經……這麼晚了，是他家人嗎？

可是據他所知，邱平亮跟他一樣是獨居。

思緒轉念之際，門緩緩打開了。

基於好奇也基於關心，莊昱停頓不動，盯著門。

打開的門把上，先看到一隻女子細嫩的手腕……接著修長手臂……接著肩膀上一綹烏黑長髮……接著是淡橘色洋裝……接著一張女子臉出現了！

乍見右腮顯目的美人痣，莊昱一顆心猛然震盪起來，兩腳像被釘死在地上無法動彈。

女子下垂的眼瞼，長長的睫毛，一扇、一扇，好像還凝著水珠，直到她的雙眸突然張開猛瞪著他。

莊昱宛如被電醒，抽回手，轉身就跑。思緒風馳電掣地轉動，他知道不能搭電梯，遂轉向安全梯，從九樓一路狂奔而下。

跑到櫃台前，莊昱上氣不接下氣，喘的難過極了，櫃台人員認得他是住戶，忙立起身禮貌地詢問有什麼需要。

好不容易氣息略緩，莊昱敘述著女子長相，問櫃台人員那是哪層樓的住戶。

櫃台人員臉孔微變。經驗老到的莊昱加強語氣，愈說愈大聲，他今天非得把狀況給搞清楚不可。

櫃台後方是值班人員的暫時休憩室，聽到前面的聲浪後走出一位熟女。莊昱認得她，她是大樓管理組長，姓劉。

她不慌不忙，輕聲細語請莊昱移步，到一旁會客室相談。

劉小姐聽完莊昱形容的女子樣貌，點頭：

「我知道，我知道，這位小姐已經搬走很久了。」

「少唬弄我，搬走的話，為什麼我會看到她好幾次？長相還那麼恐怖，我告訴妳，今天妳不說清楚，我就要張貼告示通知所有的住戶。」

莊昱真的被嚇壞了，口吻很不客氣，他只想要真相。

沉思一會兒又考慮好一會兒，劉小姐這才低聲道出內幕……

原來，住戶邱平亮出面租下四樓的十三號後，不久美人痣女子就搬了進去。劉小姐常看到他們雙進雙出。

有一次，一位體態發福的中年女子到訪。根據大樓規約，來客不得擅自上樓找住戶，就通知邱平亮下樓來，兩個人在大廳談著談著接著就吵了起來。

大樓管理人員這才知道，中年女子是邱的妻子，住在南部。邱平亮為了工作，單身一人住在北部，而住四樓的美人痣女子是邱的外遇對象。

事情鬧大後不久，美人痣女子在屋內自殺。當然，這件醜事大樓人員是盡量隱瞞不宣，所以住戶都沒人知道。

過了一段時間後，沒料到邱平亮居然也死在自己屋內。管理員有報警來勘驗，聽說死狀相當悽慘。當然這件事，也被隱蔽了。

◆

為了信用，朱大慶很用心工作，有時飯店送來的洗滌物很多他就加班。

這天更是忙到晚上還不得閒，許阿卉想幫忙，朱大慶讓她先回去休息，要她明天來接剩下的工作。

工作到尾聲，朱大慶打著呵欠，把烘乾的床單、被套摺疊著，忽然門鈴乍響。

他吃了一驚，已經凌晨一點，絕對不會是客戶，況且他已經拉上鐵門了，唯一的可能就是許阿卉。

朱大慶眨眨眼，好讓疲憊眼睛清醒，他走到門邊，一把就將鐵門往上拉。

一到影子立在店門外，不是許阿卉。是個男的，室外一片陰暗，看不清楚這個人，朱大慶打個哈欠：

「對不起喔，先生，我們已經休息，請您明天再……」

這時，外面這人緩緩抬起頭，朱大慶入目之下睡意猛然飄飛掉，驚訝的瞪大眼，腳底冒上寒意，使他身軀不由自主地顫慄起來。

是邱平亮！他露出僵硬微笑，全身周遭都沐在一片黯淡慘青色之下：

「不認得我啦？我來拿衣服。」

「啊！呀！是……是……」

朱大慶結巴著，眼睛瞄著左右鐵門，他想……不料，邱平亮已先他一步，開口說：

「別想拉上鐵門，我是客戶，你不該怠慢我呵呵……」

他說話口氣、神態，完全不同於生前的恢弘氣度。

朱大慶打消拉鐵門念頭，他聲浪顫抖著：

「那、那我去拿您的，袋、袋子。」

「不請我進去？我要點收衣物。」

天呀，必須請鬼進門嗎？朱大慶無法、也不敢拒絕，兩腿打顫著，準備轉身。

身後忽然揚起一陣陰風，他眼尾看到身旁急遽閃起一道黑影。

他才跨出一步，抬起眼看到邱平亮已立定在室內暗角。

似乎，邱平亮完全不想掩飾他的亡靈身分。

朱大慶整個人都紊亂了，身體、四肢不像是依附在自己身上，舉步維艱地一步、一瘸走進去。

「你這麼怕我？為什麼？」邱平亮看著朱大慶態度，居然問道。

朱大慶喘著粗重大氣，搖頭，只吐出幾個我我我，卻說不出話。

邱平亮忽爾笑了，說：

「我不會害你，對不對？不要聽莊昱亂講，說我的是非。」

朱大慶這時候抬眼正視著他，惶亂的心中思考著他的話意，但是猜不出他的意思。

「來，你摸摸我的手。」

邱平亮向朱大慶伸出手……這手居然直伸到朱大慶面前，朱大慶哪敢摸啦？

一人、一鬼對峙了好久，不知道有多久，邱平亮手縮回去，恢復原狀，他搖搖頭，苦笑了笑。

朱大慶動也不敢動，吞嚥一口口水，發出咕嚕響聲，他自己嚇了一大跳。

「您……要是不方便，我、我可以送到府上……」為了掩飾，他啞著聲音：「不、不會多收錢。」

邱平亮驀地變臉，現出他死亡前的面目，先是極度驚懼、駭異，然後滿臉橫七豎八的抓痕，完全分不出他的五官，連脖子、身軀、四肢也是一片狼藉，總之只有一個『慘』字足以形容。

他厲聲吼著：

「你以為我付不起！啊？」

「不，不不不，不是這意思，我只想服務。」

看到朱大慶駭怕狀，邱平亮瞬間又恢復原貌，笑了，笑得陰鬱、猙獰：

「我還是自己帶回去。裡面有一件我太太買給我的紀念物，我必須來拿，你懂嗎？」

朱大慶猛點頭。

「唉，死了才知道我太太其實是對我最好的。」

朱大慶不敢回話，還是點頭。

「就那件，黑色，黑色不吉利，我那時就想到了。」

朱大慶點頭，低眼，看到邱平亮的膝蓋以下，有半截小腿，另半截以下是空空的。

「我不甘，不甘心，我恨，真的，她外表那麼漂亮，說話溫柔，心太狠毒。」

「我要分手，她不要，就自殺了。來找我，我又驚、又怕。你懂嗎？」

說到這裡，邱平亮凌空抬起雙腳——正常人絕對不可能做到的動作，又自語地：

「我死，當然不甘心。看，我的腳被她抓撕的稀巴爛。」

朱大慶點頭如搗蒜，還是沉默不敢開口。

面對著驚懼橫死的亡靈，應該沒有人會搭它的話。

「呀，衣服呢？拿給我，快。」

「快一點，我時間不多。」

朱大慶連忙轉向儲物櫃，一面顫抖一面開櫃門，可是發抖的手不聽使喚一直打不開。

最後，總算打開了，那只帆布袋整個被他拉出來，他吃力提起袋子站起來時，亡靈卻已渺然消失了。

他轉望一眼鐵門，又看著壁上鐘，前前後後不到半個小時，但對他來說卻有如過了一世紀。

事後，朱大慶從帆布袋內翻出兩件黑色內褲。

◆

這之後，朱大慶每天一過八點，就一定關門休息。

朱大慶不想跟許阿卉提起邱平亮亡靈來店內的事。許阿卉沉默著，也沒問他原因。

這一天是假日，早上莊昱出現在店裡，送來一堆清洗的衣物，同時來取回乾淨的衣服。

朱大慶故意把許阿卉支開，跟莊昱談起邱平亮半夜來店裡的事。說著的同時，他彷彿又重回那晚驚懼、恐怖的狀態。

說完後，朱大慶以認真的表情，說：

「我無意嚇你，我只想警告你，你住他隔壁千萬要小心一點。」

莊昱淡笑道：

「謝謝你，你這個人心地不錯嘛。」

接著，莊昱詳詳細細談起他的際遇，朱大慶聽的都嚇呆了，他想不到居然還有這個內幕。

然後，朱大慶問莊昱：

「你都不怕？我好佩服你喔。」

莊昱搖頭：

「哪有，我早搬家了，我準備把房子出租，所以平常下班我沒空過來，只有休假日才能來。」

「呀，原來如此。」朱大慶點頭。

這時，許阿卉提著飲料踏進店裡。他兩人的談話，遂因此中斷。

許阿卉好奇看著兩人，開口：

「怎麼看到我回來，就不說了？」

「哪有，也沒說什麼呀。」朱大慶看一眼莊昱，忙接口說。

許阿卉把飲料分給兩個人，自己也打開飲料瓶蓋，喝一口：

「好喝。」

三個人沉默地喝著飲料，喝掉半罐後許阿卉開口，突兀地說：

「其實我最擔心的是萬一邱平亮要來取回衣物時，該怎麼辦？」

朱大慶和莊昱雙雙變臉，疑惑眼神盯住許阿卉。一會兒，朱大慶才說道：

「妳偷聽我們說話？」

「哪有，看你每天一到八點就關門，我就猜出來了。」

朱大慶瞪妻子一眼，不可置信地：

「猜出什麼？拜託，別亂猜。」

許阿卉看丈夫、又轉望莊昱，徐徐道：

「其實，我早就遇到過邱平亮來店裡了。」

他兩人聽的雙雙大驚，許阿卉簡單道出她的際遇，朱大慶想不到妻子竟然有如此膽識。

據說，邱平亮依然繼續出現、徘徊在店門外好多次，可能它掛念著紀念品的衣物吧。然而朱大慶覺得不勝其擾，最後想出一個法子，他把他的整袋衣物，送給XX大樓櫃檯簽收，然後當晚，他在店門口點上三支香告訴邱平亮這件事。從這之後，邱平亮就再也沒出現過了。

集魯奠章卿集

第九章

死不安瞑

顏榮宗是第一線警察，忙碌的事情很多。當年他還是菜鳥，被派任到X華分局，不到一年就遇到這件詭異的事件……

有一天他和同事王富安值夜班，王富安突然接到一通電話，說完掛斷，他告訴顏榮宗，他要出去處理一宗事件。

「什麼事？」

「不曉得。對方很急，沒說清楚，應該是急件。」王富安搖頭。

顏榮宗輕笑：

「這麼晚了，會有什麼急件？」

王富安穿戴整齊，掛上配槍：

「你不懂，愈是夜晚愈容易發生事情，你留守喔。」

目送王富安離開，顏榮宗留守在崗位，坐在櫃檯前。

過了好久、好久，他打起盹……

之前他從沒有發生過這情況，根據他事後回憶說，原來會打盹是有原因的。

悠忽間，警局門口襲來一陣風，有個人不像正常人一般走進來，他動作怪異，雙腳不著地飄揚在空中，身軀宛如紙片彎曲地隨著涼風被吹進來，就像枯黃落葉，隨風飄搖、彎曲地落到大地。

這個紙片似飄進來的人，立定在顏榮宗面前的櫃檯前，顏榮宗忽然全身一震，醒了過來！

睜開眼，他吃一驚！

真的有個人就站在櫃台前，雙眼望著他背後……發楞。

當時，顏榮宗並不知道他在看什麼，事後才回想，這個人應該是在他看背後的警徽。

顏榮宗忙起身，露出和藹臉容問：

「有什麼事？」

「我，要，報，案。」他說話一字一頓。

顏榮宗發現他兩邊肩膀不平衡，一邊高一邊低，落差很大。

「報案？是什麼事？」

這個人搖頭晃腦，兩邊肩膀跟著輕輕搖晃著。

顏榮宗又問一遍，同時請問他有帶著身分證嗎？可以給拿出來看看嗎？

「什，麼？還要，身分證？」

「是的。」

顏榮宗解釋著，為何需要身分證的原因。對方聽了一下歪頭、一會搖頭，終於低下頭去掏口袋。

他先掏上衣口袋，接著掏兩邊褲袋……掏了很久，還是沒掏出來。

顏榮宗有點不耐了，這麼晚了就怕有那神經不正常者、無聊者、喝酒者，或是其他古怪者來亂報案。

顏榮宗微微湊近前，深吸鼻子，唔，沒有酒味。他在櫃檯上打開公文夾，拿出一張報案單據，開口道：

「可以告訴我，你貴姓大名嗎？如果沒有身分證，其他證明也可以，像健保卡、駕照……」

一提起駕照，這個人突兀的變臉，一陣紅、一陣白，接著呼吸愈來愈急，最後張大口，喘著大氣。

「怎麼了嗎？你哪裡不舒服？」顏榮宗看到他這樣，忙問。

「不，沒，有。」這個人口氣依舊遲鈍。

又忙碌地找了好一會兒，他忽然舉起手，一手拍自己胸口、一手拍著後腦，聲浪轉為淒厲：

「呀！呀！呀！糟糕，我忘記了啦。」

顏榮宗心想：果然真的遇到神經病或是無聊者……但他臉上還是掛著和藹笑容。

「我，把，證件，放在……在……」他結結巴巴地，含糊說了一半。

「你再找找看。」

這個人用力點頭，再次伸手到上衣口袋掏。顏榮宗看到他敞開的胸口，突兀地出現一片殷紅。

「呀！你胸口受傷了嗎？」顏榮宗忍不住問：「要不要去醫院？」

這個人猛搖頭，惶忙拉緊上衣，一面後退一面指著顏榮宗：

「不、不必。我，知，道，你是好人。」

他一路後退，退出警察局門外。

顏榮宗笑著……不到五、六秒，突然笑容僵住了。他起身繞出櫃檯，奔出去。

這期間，應該不到十秒鐘。不、沒有五秒鐘吧，他奔出門外，左右各看一眼，剛剛那個人已失去了蹤影。

本想問他姓名的說，呼口氣，顏榮宗往回走。

突然，他又呆愣住了。

因為警察局的大門外有階梯，但剛剛那個人倒著走，就這樣下階梯，而且沒有摔倒。太厲害了吧！

◆

王富安回警察局時，已過了換班時間。他一回來，就抱著一疊公文在自己座位上忙碌。

顏榮宗走近他，問：

「事情很棘手嗎？怎麼去了那麼久？」

王富安點頭又搖頭。顏榮宗看著他的公文，追問道：

「是什麼案件？酗酒？群聚鬥毆？還是家暴？」

王富安噓口長氣，放下筆，轉頭道：

「猜這麼多，居然沒猜中，很遜耶。」

「那你說呀，我很好奇，到底是什麼樣的案件。」

「猜不出來，對不？喏！」王富安攤開雙手，露出桌上公文：「死亡車禍。」

顏榮宗聳一下雙肩，盯一眼王富安桌上的公文，正要轉身離開，突然「咦！」了一聲。

接著，顏榮宗迅速俯近前，掂起桌上公文當中，一張拍立得拍的照片，臉上神色大變。

「幹嘛？」王富安問。

「這個是……」

「亡者。一部貨車撞倒一名騎士，所以延遲這麼久才回來。」

顏榮宗搖頭，雙目睜得圓滾滾：

「這個……相片，是貨車司機？還是……」

「怎麼了嘛？幹嘛那麼激動？」王富安說完，收起笑容：「怎麼？你認識他？」

「誰認識他！我問你，這個人是貨車司機，還是……」

看顏榮宗鎖緊眉峰，滿臉嚴肅，王富安由公文底下抽出一張照片，說：

「這個才是貨車司機，」王富安指著原來桌上那張照片：「看清楚嘍，這個是騎機車的。當場死亡，夠清楚了吧，問這麼多幹嘛？」

「不，不對，你一定弄錯了！」顏榮宗激動萬分地，把兩張照面換過來：「這個是開車的，這個才是騎機車，被撞……」

「拜託，你到底怎回事？是我去現場辦案，難道會搞錯？太扯了吧你！」

顏榮宗好半天說不出話，滿臉呆滯，按住照片的手微微顫抖著，定定死望住王富安。

王富安上下瞄他一眼，徐徐道：

「你不舒服嗎？沒睡飽？照片還我，等一下貨車司機會來做筆錄，你趕快去休息吧。」

放開按住照片的手，顏榮宗閉閉眼，又睜開。真的覺得好累，他指著機車車主照片：

「剛才，我留守時，這個人有來警察局……」

王富安皺起眉頭：

「幾點？真的？假的？」

顏榮宗兩鬢悄悄滴下汗珠，臉色煞白，輕輕點頭：

「一點多左右，他還跟我交談了幾分鐘。」

王富安看著手錶，回憶著：

「記得吧，我在十一點半接到報案電話，半個鐘頭趕到現場，大約是十二點左右，我問貨車司機，他說他開車到那個路口時是十一點，就發生相撞。」

「他怎麼知道時間？」顏榮宗低聲問。

「那時，他太太正打電話給他。」

「開車講電話，所以撞到機車罪加一等。」顏榮宗聲浪低得不能再低。

「唉唷，這不是重點，」王富安接口：「兩車相撞是在十一點五分，我到達現場已經是十二點，我略為詢問一會兒，救護車人員到達時，還不到十二點半，救護人員檢視過，說倒在地上的騎士已經沒了呼吸。」

事後，貨車司機來做筆錄，也是報上這樣的時間，王富安問他，撞倒騎士為何延誤那麼久才報案？

貨車司機說，他第一次撞到人，怕得不知所措，打了幾通電話給他太太、又打給或車行老闆，才延誤那麼久。

後來，據法醫檢驗，說亡者是撞擊力過猛，胸部肋骨斷了四根，巧的是其中一根插進心臟，導致大量內出血而亡。

顏榮宗很關心這個案子，還露出落寞神情。

王富安笑他，將來會遇到更多、更奇怪的案子，像他這樣要怎麼辦案？

他說的沒錯，顏榮宗努力的把自己調適好，因為公務繁忙，他也逐漸忘記了這件事。

◆

今夜，顏榮宗又輪值午夜夜班。

怕打瞌睡，他去泡了杯咖啡提神。為了不浪費時間，他通常會利用這時間，檢查一疊公文案件。

坐在櫃檯的顏榮宗，精神百倍的低頭，處裡文件。不知過了多久，忽然，一滴血悄無聲息的滴落到顏榮宗面前的公文。

顏榮宗抬起頭。櫃檯前，站著一個人，伸出手指著他，手指上不斷滴血，那滴血就是從他手指頭滴落下來的。

循著手，顏榮宗往上看，猛然看到那張臉烏黑扭曲，狀似極其痛苦。他思緒尚未轉著，眼前這個人在短短不到兩秒，瞬間變成個正常人模樣。手上沒有滴血、臉沒有烏黑扭曲，也沒有痛苦表情。

「請問有什麼事嗎？」

「你，你，是，好人。」

差點失笑，顏榮宗故意板起臉孔再說一次：

「請問有什麼事嗎？」

「我，來，找，你，幫忙。」

這說話語氣，讓顏榮宗覺得很耳熟。他看了一眼文件，方才的一滴血不見了，他伸手摸一下文件，也沒有潮濕之感。在常理無法解釋之下，他認定是自己太累看錯了。

顏榮宗站起身，突兀的看到對方抓著一條毛巾，圍在他的胸前。

「你怎麼了？這毛巾是怎回事？」

「沒，事，我來請，你幫忙。」

顏榮宗直視著他胸前毛巾，總覺得哪裡不對勁，卻又說不上來。

「我叫，鄭，博，丁。我知道你是好人，拜託幫我個忙。」

「你說呀。」

「這個，拜託，幫，忙，交給，我妹妹。」

說著，鄭博丁伸手進毛巾內，由上衣口袋掏出一封皺巴巴的標準信封遞出來，顏榮宗伸手去接卻摸不到信封，信封掉了下去。

顏榮宗彎腰去撿，他記得是撿起來了，可是手上卻是空的！突然，眼睛被一副更驚恐的現象給吸引住目光。

因為，鄭博丁毛巾不知道何時拿掉了，他胸前被剖開，凝聚著一大片殷紅血跡，其中數根白森森肋骨，硬生生斷成兩截，其中一根斷肋骨，往內插在一顆突突跳動著的心臟。

「呀！你、你、哇——」

◆

醒過來時，顏榮宗耳邊依稀聽到自己的喊聲。原來，他不知何時起就趴在櫃檯上睡著了。

「怎麼又打瞌睡了呢！」他慌張的站起身，咖啡還在冒著煙，可是他明明記得有喝一口咖啡呀。這個夢境給他非常震撼的真實感，醒過來後那股駭異感讓他心臟猛跳著。

他按住自己心口，不自覺想起方才夢境裡看到的那顆鮮紅、跳躍的心臟。

發了一會兒呆後想想，剛剛真的有人來過嗎？走出櫃檯，他一眼就看到地上躺著一封皺巴巴的標準信封！

目瞪口呆的顏榮宗彎腰撿起信封，有些潮潤的信封是空白的，上面沒有地址也沒有收信人，只有左下角寫著『鄭博丁』，字跡有些潦草。

所以，夢境不是虛假的嘍……

◆

顏榮宗去找王富安，兩相查證後才確定這個鄭博丁正是王富安處裡的那宗車禍死者，兩個人略微算了一下，那天晚上是鄭博丁的三七。

顏榮宗歪著嘴角，滿臉不以為然地看著王富安：

「他應該找你才對，幹嘛找我。還有，他可以親自把這張信送回去給他妹妹呀。」

王富安聳聳肩，斜看著顏榮宗，學著顏榮宗告訴他，鄭博丁講話時的口吻：

「你忘記了？它說：你，是，好，人。」

「唉，這種好人，我無福消受。對了，他怎麼可以隨意進來警察局？」

王富安聳聳肩，說出一個驚人的訊息：

「我猜是不是我把他被撞的機車，拖回警局才來的？」

「什麼？你為什麼要這樣？」

「你不懂，事故地點是十字路口，周遭又都是商家，根本沒地方擺放，只能先拖回來了。」

◆

從王富安那裡抄到鄭博丁的住家地址，所謂好人做到底，顏榮宗一直想把這封信送去給他妹妹，但總抽不出空。像今天是他的休假日，回家一趟辦了一點個人瑣事，天色已接近黃昏他才想起那封信，因此依地址找了去。

到達目的地，顏榮宗相當驚訝，這是在西園路一處極其狹窄的老舊小公寓，連樓梯都很不好走。爬上三樓，他聽到一絲淒切的哽泣聲，想按門鈴的手又縮回來，數度對照，確定就是這個地址沒錯，他才按下門鈴。

是個女子來開門，大約二十歲上下，但是瘦弱樣貌，雙眼紅腫，剛才應該是她的哭聲。

「請問，是鄭博雅小姐？」

鄭博雅點頭，用狐疑眼光打量他。

顏榮宗今天穿便服，之前從資料上他就查出她的姓名以及約略的家庭狀況。

「我是警察局警員，妳哥哥鄭博丁……」

「喔，請進，請進。」一女孩恍然大悟，轉身進去。

顏榮宗這才發現，她左腳略短，走路微瘸。

屋子很窄，應該不到十坪，屋況老舊，不過收拾得相當乾淨。經過一番介紹，顏榮宗更加清楚鄭家兄妹的境況。

兩兄妹自小父母雙亡，依親而住，從小受盡欺凌，因此兩兄妹受完基本國民教育，鄭博丁就迫不及待的帶著妹妹出外獨立生活，可以想見日子相當窘迫。

顏榮宗看一眼角落，靠窗一張破桌上，臨時擺設著牌位，有供飯、蠟燭、香爐、照片，照片上鄭博丁笑得燦爛、陽光。

「肇事者有來過嗎？」

鄭博雅黯然搖頭。

顏榮宗明瞭的頷首，這很正常。他掏出信封，遞給鄭博雅：

「這是妳哥交代要給妳的。」

乍見這封信，鄭博雅臉上是不相信神情，但看清楚信封上的字跡，她雙眼泛紅，顫慄的抖著手撕開封口，抽出信看了一會兒，她再也抑不住悲傷，掩住臉，淚如瀑布，狂瀉而下……

顏榮宗攏聚眉頭，伸手拿信看了看，心中難以抑制地浮起酸澀。信裡交代說他存了一筆錢，存摺和印章放在某某處，那是給妹妹的嫁妝費，他希望妹妹將來嫁個好人，有好的歸宿。

「妳哥希望妳快樂過的好，對不對？不要傷心了。」

說這話時，顏榮宗發現眼尾有晃動的物事。他轉眼看到角落照片旁邊鄭博丁站立著，他像漫畫中人物的素描，只看到身上的線條，渾身呈透明狀，他對上了顏榮宗雙眼，兩手放在胸前向顏榮宗拱手致謝。

◆

顏榮宗比王富安更關心這件車禍的後續，連王富安都覺得受不了，因為他手上還有其他案件忙得很呢。

他數度調侃顏榮宗：

「耶，做好你份內的事比較重要吧？這不過是一件小小的車禍事件而已。」

「小小車禍？出了人命，算是小車禍？」

「你不懂，比這個更嚴重的車禍很多好不好，如果像你這樣每宗案件都管那麼多，我保證過不了多久你就會累垮。」

看一眼王富安抖著的雙腿，顏榮宗無法苟同：

「你說的沒錯，但如果說是你家人遇到這樣的事，我猜你不可能講這種話了。」

王富安幾乎要翻臉，但礙於同事間不能傷感情，他閉嘴不再談下去。

顏榮宗更加積極，乾脆要來貨車行駕駛以及車行的電話，一天到晚催對方務必去鄭家關心一下，甚至連理賠的事也窮追猛打。

貨車司機姓方，他感受到壓力，有一天他來找王富安談，顏榮宗當然也發現了，遂暗中注意。

原來，方先生口袋藏著現金，來找王富安說情。

顏榮宗數度要衝進會客室，最後還是忍住，沒有當場拆穿方先生的詭計。方先生離開時，顏榮宗察言觀色，看到他嘴角含笑，明白王富安可能接受了他的條件。

又隱忍了好一會兒，顏榮宗看到王富安走出會客室，他再無法忍耐，衝向王富安，嚴厲指謫他。

王富安二話不說，一把將顏榮宗拖進會客室，又關上門，要他稍安勿躁，兩個人落坐在沙發上。

王富安掏出一疊牛皮紙袋，放在小茶几，推給顏榮宗，顏榮宗還是滿臉憤懣，斜眼瞪住王富安。

「這個拜託你轉交給鄭博雅。」

「你這是什麼意思？為什麼要這樣做？」

「你知道，肇事撞死人也不會判死刑。好了，就算判他死刑，那又怎樣？死者會復活過來嗎？不可能。」

顏榮宗神色依舊很難看的聽他繼續說：

「既然事情都發生了，苦主要的不過就是多爭取一些實質上的益處。」

「他應該受到法律制裁！」

「是啦，可是這一搞，你知道上法院來來回回得花上很久的時間，幾個月，甚至幾年，這樣一來，苦主不是更難受。」

王富安說的沒錯，顏榮宗神色稍緩，經驗老到的王富安又伸手，把牛皮紙袋推向顏榮宗：

「喏，這個，拜託你交給鄭博雅。」

顏榮宗眼神飄忽不定，王富安知道他接受了自己的講法，只是他在考慮。王富安口氣轉成詼諧：

「好啦，就算我拜託你好不好？我知道你去拜訪一趟鄭家，搞不好，」王富安故意頓了頓，壓低聲音：「已經動心嘍。」

顏榮宗倏地變臉，更生氣了。王富安見狀況不對，急忙轉彎、澄清他的話意，顏榮宗也不願太過分，他把探望鄭家的實際情形，包括信封的事，一五一十詳道出來。

王富安聽了，悚然動容，換上嚴肅、欽佩的神色與口吻：

「哦，原來是這樣，小老弟，我看錯你了。」話完，王富安朝顏榮宗豎起大拇指。

接著，兩人又續談後宜事項，一致認為，方先生的錢還是一樣交給鄭博雅，至於他肇事情節，還是得依鄭博雅所要求的給付，總之站在幫忙的立場上，務必要把這件事處裡的完善。

◆

又遇值夜班時候，顏榮宗打個大哈欠，心中盤算著，把善款交給鄭博雅，等鄭博丁滿七之後，這起事件就結案了。

由座位桌上拿出一疊公文，顏榮宗落座在櫃檯上，仔細翻閱著公文。不知道過了多久，他轉頭看一眼壁鐘，一點多了。突然沒來由地想起，上回鄭博丁也是在一點多左右出現在此。

顏榮宗猛搖著頭，特意排除掉這無聊的念頭，想起他曾數度幫忙鄭博雅，跟方先生談判，他更加強思緒說這件事已近尾聲不必再多想。

他低下頭，注意力繼續專注在公文上。

忽然，一滴血悄無聲息的滴落到面前的公文上，顏榮宗愣了兩秒，說：

「我，又作夢了？不會吧？」

他用原子筆尖用力戳左手掌，唉唷，好痛，不是夢！

公文又滴下一滴血……顏榮宗馬上抬起頭，看到一個臉容扭曲，伸長的手不斷滴血，張著大口，舌頭外露的人站在辦公桌面前。

他驚嚇得立起身、後退，一再問他是誰？有什麼事？想幹嘛？

就在這時，他親眼看到身後、大大的警徽，發出一道光輝，直直投射到這個人，它身軀扭動不已，顯然是在抗拒這道光輝，警徽光輝不像太陽光般強勁，光芒是柔和中，帶著堅韌、正義、正氣，緩然而持續加強光輝，直逼向它……

它似乎抵抗不住，呈直線式後退，終於退出警察局，一把摔倒在外面地上。

這時候的顏榮宗忘記駭怕，許是心中一股正義感，讓他無懼地衝出門外，它奄忽直立起身看著顏榮宗。

這時，剛剛可怕的鬼狀已經消失，它恢復了原本的樣貌，只是臉容依然扭曲卻不猙獰了，胸前被剖開，凝聚著一大片殷紅血跡，四根白森森肋骨，硬生生斷成兩截，其中一根斷肋骨往內插在一顆跳動著的心臟上。

顏榮宗認出來了，它是鄭博丁。

顏榮宗喘著大氣，不敢上前，只跨出一步。

「你怎麼又來了？」

——你，是，好，人，拜、拜託，你。

鄭博丁嘴巴吃力的一張、一合，顏榮宗沒聽到它的聲音，但怪的是居然知道它的話意。

「沒問題。你還會痛？不是已經幫你縫合好了？」

說到這裡，鄭博丁胸前在一秒之間，馬上恢復成正常。那是它車禍後，被送到殯儀館，修補師替它縫合好，又幫它穿上壽衣。

發現自己說的話奏效，顏榮宗更有信心了，他怪問道：

「你之前不會被轟出來，這次是怎回事？」

——我之前，靈，力，超，強，現在要，離開，陽，世，力量，愈，來，愈弱。

「哦，原來如此。那你要趕快回去。」

鄭博丁點頭，慘澹地又張口：

——去，快，去，看我妹。

「呀？現在在值班耶。」

——你，是，好人，拜、拜託，我，時間，不、不多了。

最後，鄭博丁張大著口，整個靈體倏忽消失在晦暗的空氣中。

◆

夜，空曠而淒寂，街道；冷清而渺杳。再怎麼加快速度，為什麼這街道看來還是如此遠？拜託同仁替他照看一會兒工作，顏榮宗加緊速度，騎車向前衝。

終於，到達之前來過的鄭家門口，顏榮宗迅速停妥機車。好在爛鐵門沒辦法鎖，顏榮宗一口氣奔上三樓，晦暗又狹窄的階梯，害他差點摔下來。

按下長長的門鈴，沒有人應聲。即使是睡熟了，也會被吵醒過來呀。

他不明白鄭博丁的意思，只是依他當了警察將近一年的經驗，如果不是很緊迫，鄭博丁也不會冒著被警徽傷害的危險跑來找他。

好吧，既然沒人來開門，那只有用最後一個辦法了。

他握緊雙拳，側身用力撞向大門。門雖然破但也算蠻結實，撞了五、六次，門才終於被撞開。

他聽到樓上、樓下有人開門的聲音，應該是吵到鄰居了。但沒辦法，他管不了那麼多。

衝進門內，他一眼看到鄭博丁一張臉扭曲著，周身線條都因發抖而幌動著。

顏榮宗沒理睬它，環視一眼客廳後衝向房間，沒有人。他繼續往後面廚房找。廚房和衛浴之間有一道門，木質的門有些腐爛了。門框是實木，還算堅硬。門框上垂著一條繩索，鄭博雅就吊掛在上面，枯葉般的瘦弱身軀，隨著一晃、一搖。

顏榮宗急急忙忙把她給解下來，抱著她轉入客廳施以急救法。

等她悠悠然醒過來，他把扶起她，倒了杯水讓她喝下。

喝了水，鄭博雅「哇！」一聲，哭得淅瀝嘩啦。

顏榮宗說了一大串勸慰她的話語，她都聽不進去，只是一味的哭，哭得肝腸寸斷、黑天昏地。

「我很感謝你……但是這世上只剩下我一個人孤孤單單，我活著有什麼意思？過了今天還有明天、後天，我早晚會走上絕路，我……」

「妳真的這樣想？」

鄭博雅點頭，舊淚未乾，新淚又湧出來。

顏榮宗指向供著牌位角落：

「既然這樣，好，妳問問他看，如果他同意了，我馬上離開，畢竟妳也有妳自由的意志。」

「誰？」

「妳哥鄭博丁，他現在站在那邊悲傷的看著妳。」

「不要騙我。」鄭博雅搖著頭，淚隨著飆下來。

「剛才他冒著魂飛魄散跑來警局找我，叫我趕快來看他妹妹，不然我正在值班哪會跑過來？哪會知道妳發生危險？」

這番話，讓鄭博雅無言了，即使再傷心，哥哥在她心目中，依然是最重要的。

「妳哥哥雖然離開了，可是他仍舊跟以往一樣，關心妳、照顧妳，更重要的是，他希望妳堅強地、好好地過日子，妳看，他連嫁妝都替妳準備好了。」

鄭博雅眼角掛著淚說：

「這個傻哥哥，從來不為自己設想。」

看鄭博雅這樣，顏榮宗略略放下心：

「所以，妳就不要讓妳哥走得不安心，這一次換妳要替哥哥設想，好不好？」

勉強忍住哀慟，鄭博雅低下頭。

「對了，如果有需要，妳可以來找我，我可以幫妳找一份工作，讓妳哥知道妳也可以靠自己活得很快樂，好嗎？」

抬起頭，鄭博雅淚眼婆娑中，看著眼前這個好人，點著頭。

「讓妳哥哥放下心吧。」

這時，站在角落中的鄭博丁，跟著妹妹也連連點頭，接著他的幻影逐漸幻化不見……

任務達成的顏榮宗終於放心的回到工作岡位。直到今天，那輛出事的機車依然停在警局旁不起眼的角落呢。

永續圖書線上購物網　讀品文化事業有限公司

WWW.foreverbooks.com.tw　yungjiuh@ms45.hinet.net

鬼物語系列 26

我的真實鬼事

作　　者　汎遇
出 版 者　讀品文化事業有限公司
執行編輯　林秀如
美術編輯　宋昀儒
內文排版　姚恩涵

總 經 銷　永續圖書有限公司
TEL／(02)86473663
FAX／(02)86473660
劃撥帳號　18669219
地　　址　22103　新北市汐止區大同路三段 194 號 9 樓之 1
TEL／(02)86473663
FAX／(02)86473660
出 版 日　2020年09月

法律顧問　方圓法律事務所　涂成樞律師

國家圖書館出版品預行編目資料

我的真實鬼事 / 汎遇著. -- 一版.
-- 新北市 : 讀品文化, 民109.09
面 ;　公分. -- (鬼物語 ; 26)
ISBN 978-986-453-126-4(平裝)

863.57　109010114

▶ 我的真實鬼事 （讀品讀者回函卡）

■ 謝謝您購買本書，請詳細填寫本卡各欄後寄回，我們每月將抽選一百名回函讀者寄出精美禮物，並享有生日當月購書優惠！
想知道更多更即時的消息，請搜尋"永續圖書粉絲團"

■ 您也可以使用傳真或是掃描圖檔寄回公司信箱，謝謝。

傳真電話：（02）8647-3660　　信箱：yungjiuh@ms45.hinet.net

◆ 姓名：　　　　☐男　☐女　　☐單身　☐已婚

◆ 生日：　　　　☐非會員　　☐已是會員

◆ E-Mail：　　　　電話：（ ）

◆ 地址：

◆ 學歷：☐高中及以下　☐專科或大學　☐研究所以上　☐其他

◆ 職業：☐學生　☐資訊　☐製造　☐行銷　☐服務　☐金融
☐傳播　☐公教　☐軍警　☐自由　☐家管　☐其他

◆ 閱讀嗜好：☐兩性　☐心理　☐勵志　☐傳記　☐文學　☐健康
☐財經　☐企管　☐行銷　☐休閒　☐小說　☐其他

◆ 您平均一年購書：☐ 5本以下　☐ 6～10本　☐ 11～20
☐ 21～30本以下　☐ 30本以上

◆ 購買此書的金額：

◆ 購自：　　　　市(縣)
☐連鎖書店　☐一般書局　☐量販店　☐超商　☐書展
☐郵購　☐網路訂購　☐其他

◆ 您購買此書的原因：☐書名　☐作者　☐內容　☐封面
☐版面設計　☐其他

◆ 建議改進：☐內容　☐封面　☐版面設計　☐其他

您的建議：

剪下後傳真、掃描或寄回至「22103新北市汐止區大同路三段194號9樓之1讀品文化收」

廣 告 回 信
基隆郵局登記證
基隆廣字第 55 號

221-03

新北市汐止區大同路三段 194 號 9 樓之 1

讀品文化事業有限公司　　收

電話/(02)8647-3663 傳真/(02)8647-3660

劃撥帳號/18669219 永續圖書有限公司

請沿此虛線對折免貼郵票或以傳真、掃描方式寄回本公司，謝謝！

讀好書品嘗人生的美味

我的真實鬼事